NAME: Justus Jonas
FUNKTION: Erster Detektiv
FRAGEZEICHENFARBE: weiß
BESONDERE MERKMALE: das Superhirn der drei ???; Meister der Analyse und Wortakrobatik; erstaunlich schneller Schwimmer; zu Hause auf dem Schrottplatz von Tante Mathilda und Onkel Titus; zupft beim Nachdenken an seiner Unterlippe
IST FAN VON: Tante Mathildas Kirschkuchen und Denksport aller Art

NAME: Peter Shaw
FUNKTION: Zweiter Detektiv
FRAGEZEICHENFARBE: blau
BESONDERE MERKMALE: für körperliche Herausforderungen immer zu haben, dafür kein Ass in der Schule; großer Tierfreund; Spezialist für Schlösser aller Art, die seinem Dietrichset einfach nicht standhalten können; neigt zu Vorsicht und Aberglauben
IST FAN VON: schnellen Autos (insbesondere seinem MG), der südkalifornischen Sonne, so ziemlich jeder Sportart

Die drei ???

Die drei ???

und die schweigende Grotte

erzählt von Christoph Dittert

Kosmos

Umschlagillustration von Silvia Christoph, Berlin
Umschlaggestaltung von eStudio Calamar, Girona, auf der Grundlage der Gestaltung von Aiga Rasch (9. Juli 1941 – 24. Dezember 2009)

MIX
Papier aus verantwortungsvollen Quellen
FSC® C014496
FSC
www.fsc.org

Gedruckt auf chlorfrei gebleichtem Papier

ISBN 978-3-440-16048-0
Redaktion: Anne Pagel
Lektorat: André Marx und Nina Schiefelbein
Produktion, Layout und Satz: DOPPELPUNKT, Stuttgart
Druck und Bindung: GGP Media GmbH, Pößneck
Printed in Germany / Imprimé en Allemagne

Die drei ???
und die schweigende Grotte

Ein Mann verschwindet

Ein Ast zerbrach krachend unter Peter Shaws Fuß. Der Lärm schreckte einen Vogel auf, der einige Meter entfernt krächzend von seinem Ruheplatz in Richtung Felswand flatterte.

Das Tier flog dicht an Bob Andrews vorbei, der ganz vorne ging. Der Detektiv zuckte zusammen. »Mensch, Peter, pass doch auf!«

Justus Jonas hielt seine Kamera in der Hand und versuchte, den davonfliegenden Vogel vor dem Hintergrund der alten, dicht überwucherten Mauer zu erwischen. Der Schnappschuss gelang, was Justus zufrieden grinsen ließ. »Du hast unserem Projekt einen großen Dienst erwiesen, Zweiter. Das Bild ist hervorragend geworden.«

»Wenigstens einer, der meinen raffinierten Plan zu würdigen weiß«, sagte Peter würdevoll, der natürlich überhaupt nichts geplant hatte, sondern rein zufällig auf den morschen Ast getreten war.

Die drei ??? waren auf einer kleinen Insel vor Long Beach unterwegs. Sie befand sich so nah an der Festlandküste, dass man sie über eine Brücke erreichen konnte.

Den Großteil der Insel nahm ein Naturschutzgebiet ein, durch das ein paar Wanderwege führten. Auf dem übrigen Gebiet stand die Ruine eines sehr exklusiven Sanatoriums, in dem sich bis vor zwanzig Jahren Menschen mit genug Geld von ihren Krankheiten hatten erholen können. Seit einer Katastrophe, die das Gebäude unbewohnbar gemacht hatte, stand es leer und zerfiel immer mehr. Eine große Grotte unter dem Bauwerk war damals bei einem Erdbeben eingestürzt – nur durch ein Wunder war nicht das ganze Sanatorium in die Tiefe gesackt. Ein hoher Maschendrahtzaun schützte das Gelände vor unbefugten Eindringlingen. Es gab darin ein Tor, doch das war mit einer dicken Kette und einem großen Sicherheitsschloss gesichert. Teilweise verlief der Zaun ziemlich nah an der einst noblen, stuckverzierten Fassade und den Säulen entlang, die kleine Vordächer über Seiteneingängen stützten. Efeu rankte an den Säulen empor und an schattigen Stellen wuchsen Moosteppiche.

Diese verwunschene Atmosphäre bot ideale Bedingungen für das Fotoprojekt, um das sich die drei ??? momentan kümmerten. Die Aufgabenstellung der Schule lautete: *Fotografiert ein historisches Bauwerk und stellt durch die Aufnahmen die Besonderheit der Geschichte dieses Objektes heraus.*

Die Freunde hatten lange überlegt, welches Gebäude sie auswählen sollten, bis sich Peter an eine Klettertour erinnerte, die er voriges Jahr in den Klippen gegenüber der kleinen Insel unternommen hatte. Von da aus hatte er gesehen, wie das zerfallene Sanatorium auf der Anhöhe thronte, und geplant, dort irgendwann auf Besichtigungstour zu gehen.

Seine Freunde waren sofort begeistert gewesen von ihrem »Objekt«. Leider wurde eine eingehende Besichtigung von dem hohen Zaun verhindert. Außerdem warnten etliche Schilder vor Einsturzgefahr, manche sogar mit einem drastischen: *Betreten strengstens verboten – Lebensgefahr!*

Peter ging weiter. Sie wollten die Ruine einmal komplett umrunden. Momentan konnten sie auf den ehemaligen Haupteingang schauen. Seitlich davon war zwischen den Felsen das

Meer zu sehen – und als der Zweite Detektiv in diese Richtung blickte, weil sie dort ihren Weg fortsetzen wollten, fiel ihm etwas auf. »Schaut mal, dort vorne.«

»Das Boot der Küstenwache?«, fragte Justus. »Das habe ich auch schon gesehen. Ob die hier routinemäßig patrouillieren? Oder glaubt ihr, die suchen etwas Bestimmtes?«

Bob grinste. »Wahrscheinlich lauern sie auf drei Jungs, die auf der Suche nach dem perfekten Schnappschuss am Ende doch noch über den Zaun klettern.«

»Das Boot meinte ich gar nicht«, erklärte Peter. »Sondern den Kerl dort, mit der kurzen Lederhose und den Tattoos an den Unterarmen. Ich glaub, es sind solche chinesischen Drachen, aber er ist so weit weg, dass –«

»Ach, das wird ein Spaziergänger sein«, unterbrach Bob, »der ins Naturschutzgebiet will. Wahrscheinlich gehört ihm das Auto, neben dem du geparkt hast, Peter. Der graue Kastenwagen.«

»Er war braun«, verbesserte Justus.

»Aber seht doch mal!« Peter sprach unwillkürlich leiser, als könnte der andere ihn sonst hören, dabei war der Mann viel zu weit entfernt. »Der duckt sich! Er versteckt sich vor der Küstenwache!«

»Tatsächlich«, sagte Justus.

In dem Moment verschwand das Boot außer Sicht. Unmittelbar darauf setzte der Fremde seinen Weg fort, am Zaun entlang, erreichte ein kleines Wäldchen und war nicht mehr zu sehen.

»Seltsam …«, murmelte der Erste Detektiv, als die Jungen sich ebenfalls wieder in Bewegung setzten – dem Fremden hinterher. Schließlich war es die Richtung, in die sie bei ihrer Umrundung des Grundstücks ohnehin hatten gehen wollen.

Einige Zeit später erreichten sie das Ende des Weges. An dieser Stelle war das Sanatorium bis dicht an eine riesige Felswand gebaut worden, die nahezu senkrecht aufragte. Der Zaun führte darauf zu, verlief noch ein Stückchen parallel zu dieser Wand und endete schließlich daran.

Zwischen Zaun und Ruine lag hier ein schmales, früher zweifellos gut gepflegtes Gartenstück. Peter stellte sich die reichen Patienten vor, die vor der grandiosen Kulisse der mindestens zwanzig oder dreißig Meter hoch aufragenden Felswand auf Liegestühlen im Schatten gelegen hatten. Heutzutage wuchsen dort weit weniger idyllisch hüfthohe Disteln und alles mögliche weitere Unkraut.

»Sackgasse«, kommentierte Bob, nachdem er ein paar Bilder gemacht hatte. »Gehen wir zurück.«

»Nicht unbedingt eine Sackgasse«, meinte Justus.

Der dritte Detektiv deutete nach vorne. »Und wo willst du dich bitte schön durchquetschen? Der Zaun verläuft hier direkt bis in die Felswand, der letzte Pfosten ist sogar im Gestein veran–«

»Habt ihr nicht das Loch unten im Zaun gesehen, keine zehn Meter hinter uns?«

»Du willst in das Gelände eindringen?«, fragte Bob verblüfft.

»Natürlich nur wegen der guten Fotos, die man dort schießen kann«, sagte der Erste Detektiv, als wäre es das Selbstverständlichste der Welt.

»Es ist gefährlich, Justus«, warnte Peter. »Keiner weiß, wie stabil die Mauern nach dem Einsturz der Grotte noch sind.

Und dass seit zwanzig Jahren alles vor sich hin modert, macht es garantiert nicht besser.«
Der Erste Detektiv winkte ab. »Wir werden vorsichtig sein und die Ruine nicht betreten. Wir sollen für das Projekt die Geschichte des Hauses vorstellen. Da müssen wir schon mal mit den Augen eines der ehemaligen Patienten auf das Gemäuer blicken, und die haben nun mal dort im Garten gesessen.«
»Unser Erster will tatsächlich durch den Zaun steigen«, stellte Peter fest.
Bob fand langsam Gefallen an dem Gedanken. »Gehen wir. Wenn es schon einen Durchschlupf gibt, sind wir nicht die Ersten.«
»Was es auch nicht besser macht«, wandte der Zweite Detektiv ein.
»Rein juristisch besteht sehr wohl ein großer Unterschied, ob wir ein Loch in den Zaun schneiden oder nicht«, stellte Justus klar. »Und jetzt sollten wir keine Zeit mehr verschwenden. Zu dem gefährlichen Bereich, also zu der Ruine, halten wir gebührenden Abstand. Und nur darum geht es bei den Warnschildern. Also los, Kollegen! Außerdem ... Kommt euch nicht etwas seltsam vor?« Justus deutete auf die Felswand.
»Was meinst du?«, fragte Peter.
»Wo ist der Mann von vorhin? Als wir ihn gesehen haben, ging er am Zaun entlang in Richtung der Sackgasse, und da ragte schon die Felswand an der Seite auf. Er konnte nicht weg, ohne umzudrehen, und in dem Fall wäre er wieder an uns vorbeigekommen. Ist er aber nicht! Wenn wir annehmen, dass er nicht diese senkrechte Felswand nach oben geklettert ist, und das dürfen wir wohl mit einiger Wahrscheinlichkeit, hat

er ebenfalls den Durchschlupf genutzt! Ich frage mich, was er bei der Ruine will. Bestimmt nicht für ein Schulprojekt fotografieren.«
Sie gingen zurück. Am Zaun hatte tatsächlich jemand die Maschen zerschnitten und zur Seite gebogen. Der Erste Detektiv quetschte sich hindurch. Seine beiden Freunde folgten und zu dritt liefen sie durch den Garten auf das ehemalige Sanatorium zu. Die meisten Fenster waren mit Brettern vernagelt. Auf einigen flachen Vordächern wuchsen bereits eigentümliche Pflanzen. Die Natur eroberte sich das Gelände zurück.
»Mir fällt gerade etwas ein«, sagte Peter. »Der Kerl könnte doch der Besitzer sein, und wenn er uns sieht, wird er nicht sonderlich begeistert sein.«
»Leise!«, forderte Justus, der die Umgebung im Auge behalten hatte. »Kommt mit!« Er eilte zu ein paar dichten Büschen und ging dahinter in Deckung. Peter folgte, dann Bob. »Der Mann steht dort vorne bei der alten Statue! Und jetzt dringt er in die Ruine ein. Durch eins der nicht vernagelten Fenster. Die Scheibe ist anscheinend eingeschlagen, seht ihr?«
»Das geht uns nichts an«, wisperte Peter, dem das alles gar nicht gefiel.
»Ich will wissen, was er dort vorhat. Wenn er tatsächlich der Besitzer wäre, würde er garantiert einen anderen Weg nehmen. Das ist … Hausfriedensbruch.«
»Und es ist verdammt gefährlich, ihm in die Ruine zu folgen!«, sagte Peter, doch da war der Erste Detektiv bereits wieder unterwegs, dicht an der Hauswand entlang.
Bob sah Peter an. »Mist, wir dürfen Just nicht alleinlassen. Also los, gehen wir mit.«

Als sie ihn einholten, linste Justus schon durch das Fenster. Er drehte sich zu seinen Freunden um. »Der Mann ist da drin und hat sehr zielstrebig die große Empfangshalle durchquert. Als wüsste er genau, wo er hinwill. Dort hinten scheint es eine Art Wendeltreppe zu geben, aber genau kann ich es nicht erkennen, es ist zu dunkel. Es fällt nur wenig Licht ins Haus. Jedenfalls ist er nach unten gegangen.« Justus sah wieder ins Innere. »Er ist weg.«

»Und jetzt?«, fragte Bob. »Hinterher?«

»Seht euch erst mal das hier genau an«, forderte der Erste Detektiv. »Die Scheibe ist nicht einfach eingeschlagen worden. Die Ränder sind fein säuberlich von Scherben befreit. Außerdem liegen keine Splitter in der Nähe. Das ist ein ziemlich bequemer und abgesicherter Weg ins Gebäude. Als würde er häufiger genutzt.« Justus stemmte sich hoch, schwang zuerst das linke Bein über die Fensterbank und einen Atemzug später stand er in der verbotenen Ruine.

»Das darf nicht wahr sein!« Peter stöhnte und wechselte einen Blick mit Bob. Der zuckte die Schultern, und notgedrungen folgten die beiden ihrem Freund.

Der Tausend-Dollar-Fisch

Die Luft roch muffig. Unter ihren Füßen schmatzte der Rest eines alten, modrigen Teppichs. Die drei ??? standen in der großen Empfangshalle des ehemaligen Luxussanatoriums. Die Decke lag mehrere Stockwerke über ihnen und an den Seitenwänden ließen sich im Halbdunkel verzierte Geländer erahnen, hinter denen wohl die Flure mit den Patientenzimmern lagen. Eine protzige Architektur, aber – wie sie zugeben mussten – ziemlich eindrucksvoll.

Als sich Peters Augen besser an das Zwielicht gewöhnt hatten, erkannte er weit über sich einen metallenen Tragebalken, der halb herausgerissen aus der Decke ragte. Das war auf andere Weise eindrucksvoll ...

Der Mann mit den Tätowierungen war nirgends zu entdecken. Der Erste Detektiv übernahm die Führung in Richtung der Wendeltreppe, wo er den Fremden hatte verschwinden sehen. Die Stufen wanden sich völlig ohne Absicherung in weiten Kreisen nach oben und unten.

»Ziemlich gefährlich«, meinte Peter leise.

»Vielleicht hat man das Geländer abmontiert, als das Sanatorium nach dem Einsturz der Grotte aufgegeben wurde«, erklärte Bob. »Ich habe gelesen, dass die Besitzerin alles Wertvolle, das man irgendwie erreichen und transportieren konnte, mitgenommen hat. Und der Rest wurde wohl in den Monaten danach geplündert.«

»Die nicht wertvollen Sachen?«, fragte Peter skeptisch. »Warum sollte die jemand mitnehmen?«

»Na ja, wir reden von Toilettenpapierhaltern und Wandlampen oder so was.« Bob hatte am Vortag einige Artikel über das alte Sanatorium gelesen, um sich auf den Besuch vorzubereiten. In einem Zeitungsbericht hatte der Reporter zugegeben, dass auch seine Eltern ein Souvenir besaßen – einen vergoldeten Badewannenstöpsel, den der Vater bei einem Streifzug mitgenommen hatte. In den ersten Monaten nach dem Einsturz war die jetzige Ruine noch nicht eingezäunt gewesen und es hatte als schick gegolten, sich irgendein Erinnerungsstück zu sichern. Sogar Steckdosendeckel waren als Souvenirs beliebt gewesen. Danach hatte lange Zeit ein Sicherheitsdienst patrouilliert, um diesen Umtrieben ein Ende zu bereiten. Die Besitzerin, an deren Namen sich Bob nicht mehr erinnerte, hatte mehrfach in öffentlichen Appellen auf die Gefahr aufmerksam gemacht: Das ganze Sanatorium könnte in sich zusammenfallen, wenn weitere Teile der Höhle darunter einstürzten.

»Wir sind wegen des verschwundenen Mannes hier«, brachte Justus in Erinnerung. Mit diesen Worten stieg er auf den Stufen nach unten. Auf der Treppe war es noch dunkler als in der großen Halle.

Aber auch einen Stock tiefer entdeckten die drei ??? keine Spur von dem Fremden. Immerhin gab es dort wieder mehr Licht. Dies war kein reines Kellergeschoss. Durch ein breites Doppelfenster fiel Tageslicht. Offenbar stand das Sanatorium auf abschüssigem Gelände.

»Hier muss sich damals der Zugang zu der Grotte befunden haben«, sagte Bob. »Wo das Delfinschwimmen und die *Kangal*-Behandlungen stattgefunden haben.« Dieses Detail hatte er sich besonders eingeprägt, weil er die Vorstellung so verrückt fand. *Luxus und Fisch-Wellness* hatte die Überschrift eines Zeitungsartikels gelautet. Die Patienten waren damals bis zum Kinn in ein Becken mit lauwarmem Wasser gestiegen, in dem ganze Schwärme kleiner Kangalfische lebten. Diese zupften an der Haut und fraßen dann die winzigen abfallenden Schuppen auf. Diese Therapie sollte sowohl sehr pflegend als auch beruhigend sein und darüber hinaus bei vielen Hautkrankheiten helfen. Das machte sie Bobs Meinung nach jedoch nicht weniger verrückt.

Er kramte einen alten Plan des Sanatoriums aus seiner Tasche, den er im Internet gefunden und ausgedruckt hatte, damit er ihn bei ihrer Foto-Präsentation in der Schule zeigen konnte. Er blickte auf die Karte, brauchte einen Augenblick, um sich darauf zurechtzufinden, und sah sich anschließend suchend um. »Der Zugang zur Grotte muss dort hinten liegen.«

Nach einigen Schritten stand der dritte Detektiv vor einem recht schmalen Treppenabgang, der schnurgerade nach unten führte, auf beiden Seiten von gefliesten Wänden begrenzt. Der Eingang war mit einem sehr massiv aussehenden Gitter verschlossen, das an drei Stellen mit dicken Sicherheitsschlössern verkettet war. Ein rotes Schild daran verkündete erneut, dass der Durchgang strengstens verboten war und dass Lebensgefahr bestand.

Die drei ??? lugten durch die Gitterstäbe. Etwa zwanzig Stufen lagen frei, ehe die Treppe an einem Berg aus Geröll und Felsbrocken endete.

»Genau wie ich gelesen habe«, sagte Bob. »Der Treppenabgang ist damals bei dem Erdbeben zusammen mit der Grotte eingestürzt. Wenn man das so sieht, ist es wirklich ein Wunder, dass das Sanatorium stehen geblieben ist.«

Justus drehte sich um und deutete auf das Fenster. »Da könnte der Kerl nach draußen geklettert sein.«

»Oder er hat irgendeine der Türen –«, setzte Peter an.

»Aber bei dem Fenster steht etwas«, fuhr der Erste Detektiv ungerührt fort. »Seht ihr das?« Natürlich wartete er nicht auf eine Antwort, sondern machte sich bereits auf den Weg.

Unter dem Fenster, das völlig unbeschädigt und halb nach oben geschoben war, stand ein Kasten aus weißem Plastik, mit Metall-verstärkten Rändern. Er war würfelförmig, mit einer Kantenlänge von etwa fünfzig Zentimetern. Darüber wölbte sich ein Tragegriff.

»Eine Transportbox«, sagte Justus. »Der Mann hatte sie definitiv nicht dabei, bei der Größe wäre uns das aufgefallen. Ist er hier hinuntergegangen, weil er die Box holen wollte?« Der Erste Detektiv witterte ein Geheimnis. Was hatte es mit diesem Behälter auf sich? »Aber warum steht sie dann noch hier?«

»Vielleicht steht sie auch schon ewig hier«, meinte Bob. »Unser Mann hatte jedenfalls kein Interesse daran.«

»Es liegt kein bisschen Staub darauf«, erklärte Justus. »Die Box befindet sich höchstens seit ein paar Tagen hier oder …« Er brach mitten im Satz ab und klappte den Tragegriff zur Seite, um den Deckel abnehmen zu können. Dazu musste er zwei Klickverschlüsse lösen.

»Just, ich glaube nicht, dass uns das irgendetwas angeht!«, sagte Peter.

»Hm«, machte der Erste Detektiv, während er ungerührt den

zweiten Verschluss öffnete. Der Deckel ging trotzdem erst ab, als Justus fest daran zog. »Schaut euch das an. Hochinteressant.«
Bob sah ebenfalls hinein. »Das gibt's nicht.«
»Kollegen, die Sache wird immer rätselhafter«, kommentierte Justus begeistert. »Oder könnt ihr mir erklären, warum an diesem verlassenen Platz ein Fisch seine Runden in einer speziellen Transportbox dreht?«
»Ein Fisch?«, wiederholte Peter. »Ist das dein Ernst?« Er drückte Justus beiseite, um selbst einen Blick hineinwerfen zu können. Die Box war gut zur Hälfte mit Wasser gefüllt. Und darin schwamm tatsächlich ein Fisch. »Ein schöner bunter Kerl. Gefällt mir.«
»Nicht nur dir«, sagte der Erste Detektiv.
»Ich höre an deinem Tonfall«, meinte Bob, »dass du damit nicht nur meinst, dass du ihn ebenfalls hübsch findest.«
»Ganz genau, Dritter. Das ist ein Golden Monkey Flowerhorn.«
»Aha«, machte Peter. »Das sagt mir so gar nichts.«
»Ein sehr seltener Fisch, und darum ein sehr wertvoller. Es gibt von der Art unterschiedliche Preisklassen, aber ich würde wetten, dass dieses kleine Tierchen hier mehrere hundert Dollar wert ist, vielleicht sogar mehrere tausend.«
Das verschlug seinen Freunden die Sprache.
»Fassen wir zusammen: Der Fremde verbirgt sich vor einer Patrouille der Küstenwache, dringt in die verbotene Ruine ein, geht zielstrebig nach unten, nimmt aber die Box mit dem Tausend-Dollar-Fisch nicht mit. Da es sich hier nicht gerade um einen Ort handelt, an dem sich viele Leute herumtreiben, und

der Mann ausgerechnet genau *hierher* gekommen ist, liegt der Verdacht nahe, dass er von der Box gewusst hat.«

»Wir sind auch hier«, gab Peter zu bedenken, »und wir wussten nichts davon.«

»Aber nur, weil wir den Fremden verfolgt haben«, sagte Bob.

»Stimmt auch wieder. Aber das heißt, dass der Kerl sicher bald zurückkommt! Vielleicht holt er eine zweite Box. Keiner stellt ein so wertvolles Tier einfach hier unten ab und verschwindet dann auf Nimmerwiedersehen. Wir sollten abhauen, ehe er –«

»Eine zweite Box? Interessanter Gedanke«, meinte Justus. »Und es stimmt sicher, dass diese Kiste wahrscheinlich nicht lange hier stehen bleiben wird. Der Fisch kann darin nur eine begrenzte Zeit lang überleben.«

»Mir fallen auf Anhieb mindestens ein Dutzend weitere Sachen ein, über die wir uns unterhalten könnten«, sagte Bob, »aber Peter hat recht – das alles könnte irgendwie ein seltsamer Zufall sein, aber bis das bewiesen ist, scheint es mir viel wahrscheinlicher, dass ein Verbrechen dahintersteckt. Ein Diebstahl dieses wertvollen Fischs oder was auch immer ... jedenfalls sollten wir weg von hier, ehe uns jemand entdeckt!«

»Nehmen wir den Fisch mit?«, fragte Peter.

Justus schüttelte den Kopf. »Keine gute Idee. Es soll niemand bemerken, dass wir hier waren. Wir beobachten weiter, aber gut versteckt. Und warten ab, ob der Mann wieder auftaucht. Oder ob jemand anderes die Box abholt. Und wenn ja, was –«

»Verschwinden wir erst mal!«, drängte der Zweite Detektiv, und diesmal sorgte keiner seiner Freunde für weitere Verzögerungen.

Sie gingen vorsichtig die Wendeltreppe wieder nach oben und lugten in die Empfangshalle. Dort war niemand zu sehen. Die drei ??? besprachen rasch, wie sie sich aufteilen sollten.
Bob wollte in der Ruine bleiben und die Halle unter Beobachtung nehmen, am besten von den Gängen im Obergeschoss aus, die an die Empfangshalle reichten. Der Gedanke, in dem einsturzgefährdeten Gebäude auch noch nach oben zu steigen, gefiel ihm zwar gar nicht, trotzdem entschied er sich dafür. Hinter den Geländern dort würde er zwar wie auf dem Präsentierteller stehen, aber er entdeckte eine Nische, die nach einem guten Versteck aussah.
Schon auf der Treppe achtete Bob bei jedem Schritt darauf, ob die Stufen sicher wirkten, erst recht oben im Gang selbst. Das altersschwache Geländer, das hier vor einem Absturz aus etwa vier Metern Höhe schützte, sah nicht sonderlich vertrauenserweckend aus. Dem dritten Detektiv rutschte das Herz in die Hose, als er vorsichtig zu der Nische ging, durch die rostige Rohre liefen. Sie bot ihm wie erhofft gute Deckung und geradezu perfekte Sicht in die Halle, ohne dass er selbst gesehen werden konnte.
Justus wollte draußen auf dem Grundstück Deckung suchen und das Loch im Zaun im Auge behalten – die Chance war groß, dass der Mann das Gelände auf diesem Weg auch wieder verließ. Falls er jedoch einen anderen Weg nahm, würde er sicher zu seinem Auto gehen – das hieß, hoffentlich zu dem braunen Kastenwagen auf dem Parkplatz. Darum wollte Peter sich dort postieren und die Augen offen halten. Notfalls würde der Zweite Detektiv in sein Auto steigen und den Mann möglichst unauffällig verfolgen.

Sobald einer den Fremden entdeckte oder sonst jemanden, der die Box mitnahm oder sich verdächtig verhielt, sollte er die beiden anderen mit einer Nachricht aufs Handy informieren.

Während seine Freunde durch das Fenster ins Freie kletterten, verharrte Bob in seinem Versteck auf der Brüstung.
Es wurde still.
Bob dachte nach. Warum in aller Welt sollte jemand einen Fisch, und sei er noch so wertvoll, in einer Box an diesen bizarren Ort bringen? Selbst wenn das Tier gestohlen worden war, fielen Bob tausend andere Plätze ein, an denen man die Beute weitaus unkomplizierter verstauen könnte als im Keller eines einsturzgefährdeten, verlassenen Sanatoriums auf einer einsamen Insel.
Andererseits war vielleicht genau das der Grund. An diesen Ort kam niemand – ideal, um zwielichtige Geschäfte abzuwickeln. Wahrscheinlich könnte man die Box tagelang dort abstellen, ohne dass irgendjemand es mitbekam. Hatten sie das Zwischenlager eines illegalen Tierhändlers entdeckt?
Plötzlich rumpelte und krachte es.
Bob schrak auf und stieß sich den Kopf an einem der Rohre. Er fürchtete, dass das hallende Geräusch in der ganzen Ruine zu hören sein müsste. So viel dazu, sich unauffällig zu verstecken und im Verborgenen zu beobachten … Andererseits übertönte der Lärm von unten sowieso alles – ein Grollen und Rumpeln wie bei einem Erdbeben!
Die Grotte!
Stürzten womöglich gerade weitere Teile ein, genau wie damals? Bob konnte es sich lebhaft vorstellen … allzu lebhaft,

während er zwischen den Rohren eingequetscht in der Nische stand! Was, wenn der Boden unter ihm wegbrach?!
Dann – ein Knall, als würde ein Auto durch die Wand krachen! Und bebte nicht der Boden?
Der dritte Detektiv vergaß alle Vorsicht, verließ sein Versteck und rannte los – heilfroh, dass es noch etwas gab, auf das er treten konnte. Er hastete die Wendeltreppe hinab, verfehlte in der Hektik eine Stufe, verlor das Gleichgewicht, ruderte mit den Armen, konnte sich gerade noch abfangen und erreichte die Empfangshalle. Er zwang sich, ruhig zu atmen, hetzte zum Fenster, kletterte ins Freie und rannte über das Grundstück. Verdammt, sie hätten nie den Durchschlupf nutzen und in das Gelände eindringen dürfen!

Zum Forschungszentrum

Peter fand einen einigermaßen bequemen Platz auf einem umgestürzten Baum. Der lag hinter einigen Büschen und so weit vom Parkplatz entfernt, dass der Zweite Detektiv gerade noch den Kastenwagen sehen konnte, ohne selbst entdeckt zu werden. Sollte der tätowierte Fremde auftauchen, könnte er auch noch mehr in Deckung gehen, indem er sich hinter einem der breiteren Büsche auf den Boden kauerte. Wenn der Mann nicht sowieso direkt in sein Auto stieg und losfuhr, denn in diesem Fall würde Peter versuchen, dranzubleiben und ...
Da!
Eine Bewegung!
Der Zweite Detektiv hielt unwillkürlich den Atem an. Aber es handelte sich nicht um den Fremden – sondern um zwei Männer! Sie kamen vom Ufer her, aber nicht aus der Richtung der Brücke, sondern wahrscheinlich von einem Boot – vielleicht von dem, das die Jungen vorhin beobachtet hatten. Das legten jedenfalls ihre Uniformen der Küstenwache nahe. Sie unterhielten sich, waren aber zu weit weg, als dass Peter ihre Worte hätte verstehen können. War es ein Zufall, dass sie ausgerechnet jetzt auf die Insel kamen? Oder hatte es irgendwas mit dem Fisch zu tun?
Die beiden Männer bemerkten ihn nicht. Peter überlegte, ob er auf sie zugehen sollte ...
... als er von seinem Beobachtungsplatz aus sah, wie sich der Fremde von der Ruine her näherte. Er spazierte in aller Seelenruhe zu seinem Wagen. Warum auch nicht? Entweder hatte er

sowieso nichts Unrechtes getan oder er fühlte sich nicht verfolgt und daher sicher. Dann jedoch bemerkte er die beiden Uniformierten, zuckte zusammen, huschte zur Seite und ging hinter Büschen in Deckung.

Er versteckt sich wieder vor der Küstenwache, dachte Peter. Sollte er einschreiten? Sich bemerkbar und die Offiziere auf den Fremden aufmerksam machen?

Doch die Männer waren schon zu weit weg. Sie gingen mit raschen Schritten in Richtung des Naturschutzgebietes. Peter kauerte sich nun ebenfalls in die bessere Deckung, denn der Fremde sollte ihn keinesfalls bemerken, sobald er sein Versteck verließ und zu seinem Auto ging. Was etwa eine Minute später geschah, als die Uniformierten nicht mehr zu sehen waren. Der Tätowierte nahm seinen Autoschlüssel aus der Hosentasche, öffnete die Fahrertür seines Wagens und stieg ein.

Peter machte sich bereit. Sobald der andere den Parkplatz verließ, wollte er zu seinem alten MG spurten und die Verfolgung aufnehmen. Der Fremde würde zunächst zur Brücke fahren, denn das war der einzige Weg von der Insel hinunter. Zeit genug für den Zweiten Detektiv, in einigem Abstand scheinbar zufällig zu folgen. Erst auf dem Festland würde es knifflig werden, dranzubleiben. Vor allem, falls es nach Los Angeles ging – in der Riesenstadt war eine Verfolgung aller Erfahrung nach sehr mühsam.

Der Motor knatterte, der Kastenwagen rollte los. Peter zwang sich, noch einige Sekunden abzuwarten, ehe er zu seinem Auto hastete. Er startete und verließ ebenfalls den Parkplatz.

Seltsam, dass Bob und Justus nicht angerufen hatten. Wenn sie den Fremden nicht bemerkt hatten, bedeutete das, dass er ei-

nen völlig anderen Weg aus der Ruine genommen haben musste – weder zurück durch die große Empfangshalle noch über den Garten und durch den Zaun.
Aber darüber konnte er sich später Gedanken machen. Jetzt hieß es: dranbleiben! Als der Zweite Detektiv auf die Brücke fuhr, befand sich der Kastenwagen bereits am anderen Ende und setzte ordentlich den Blinker. Nach links. Also Richtung Los Angeles.
Peter bog etwa dreißig Sekunden später ebenfalls dorthin ab und es gelang ihm, das Auto gut im Blick zu behalten. Zum Glück war die Straße nicht stark befahren, was ihm ermöglichte, ein wenig Abstand zu halten. Sobald sie sich der Großstadt näherten, würde das anders aussehen.
Der Zweite Detektiv überlegte gerade, sich bei seinen Freunden zu melden, als das Handy vibrierte. Er zog es aus der Hosentasche, legte es auf den Beifahrersitz, drückte auf »Annehmen« und »Lautsprecher«. Das konnte er, ohne hinzusehen.
»Ja?«
»Wo bist du?« Es war Justus.
»Ich verfolge den Verdächtigen.« Seit der erneuten Begegnung mit der Küstenwache schien Peter diese Bezeichnung eindeutig gerechtfertigt. Er berichtete dem Ersten Detektiv davon. »Der Typ fährt jetzt Richtung Los Angeles. Habt ihr ihn nicht rauskommen sehen?«
»Nein. Bob hat in der Ruine ein Erdbeben gespürt. Oder zumindest Lärm gehört, mit dem möglicherweise weitere Teile der Grotte unter dem Sanatorium eingestürzt sind.«
»Was!?«
»Im Garten habe ich davon allerdings nichts bemerkt«, stellte

Justus klar. »Und Bobs Beobachtungen zufolge wurde die Ruine selbst auch nicht in Mitleidenschaft gezogen.«

»Ich weiß, wie seltsam das klingt«, meldete sich Bob aus dem Hintergrund zu Wort. »Vielleicht war es gar nicht so laut, wie es mir vorkam, aber ich …«

»Moment!«, unterbrach Peter. »Ich muss mich auf die Verfolgung konzentrieren! Ich melde mich wieder.«

»Okay.« Justus legte auf.

Der Kastenwagen hatte den Blinker gesetzt, um in die nächste Straße abzubiegen. Nein – auf einen kleinen Parkplatz. Der Zweite Detektiv durfte nicht daran vorbeifahren, auf dieser Straße konnte er weder halten noch irgendwo wenden. Falls er jedoch ebenfalls auf den Parkplatz einbog, drohte er bemerkt zu werden. Vielleicht fiel dem Verdächtigen dann im Rückblick auf, dass der MG ihm schon seit der Brücke folgte.

Auf dem Parkplatz stand eine Infotafel, einige Meter von dem Kastenwagen entfernt, der gerade zum Stehen kam. Das konnte der Zweite Detektiv ausnutzen, um so wenig wie möglich aufzufallen. Er fuhr an etlichen geparkten Wagen vorbei und hielt vor der Tafel. Vereinzelt liefen Leute umher und streckten sich nach der Fahrt.

Im Rückspiegel beobachtete Peter, wie der Fremde ausstieg und in Richtung der Büsche ging, die den Parkplatz seitlich begrenzten. Er stieg ebenfalls aus und tat, als wollte er die Landkarte studieren, die einen Überblick über Los Angeles und die Umgebung zeigte. Dabei linste er hin und wieder zurück zu dem Verdächtigen, der nun ungeniert vor den Büschen stand und pinkelte. Peter konnte sich ein Grinsen nicht verkneifen.

Als der andere zu seinem Auto zurückging, stieg auch der Zweite Detektiv ein. Bevor er dem Fremden folgte, schnappte er sich das Handy und tippte die Kurzwahl des Ersten Detektivs. »Da bin ich wieder. Wir fahren Richtung L. A.«

»Okay, bleib dran«, forderte Justus.

»Jedenfalls habe ich gehört, was ich gehört habe«, nahm Bob den Faden von vorher wieder auf. »Ich dachte, jetzt ist alles aus und das ganze Sanatorium stürzt ein. Nach Justus' skeptischem Nachfragen würde ich jetzt allerdings nicht die Hand dafür ins Feuer legen, dass es wirklich Erschütterungen gab. Die habe ich mir im Gegensatz zu dem Lärm vielleicht eingebildet. Ich dachte, es wäre ein kleines Erdbeben. Wenn es keines war … dann ist vielleicht ein weiterer Teil der Grotte unter dem Sanatorium eingestürzt. Ach, was weiß ich! Es war jedenfalls ein Riesengetöse!«

»Es gab kein Erdbeben«, stellte Justus klar. »Das hätten Peter und ich bemerkt. Zweiter, wie sieht es mit der Verfolgung aus?«

»Keine Probleme. Wie geht ihr weiter vor?«

Seine beiden Freunde antworteten gleichzeitig: »Erst mal runter von der Insel, ehe noch mehr passiert!«, sagte Bob, während Justus verkündete: »Wir sehen uns noch mal in der Ruine um und halten dann nach den Männern von der Küstenwache Ausschau.«

Danach räusperte sich der Erste Detektiv und ergänzte: »Wir werden uns einigen.«

Sie beendeten das Gespräch.

Die Verfolgung führte Peter in die Randgebiete von Los Angeles, doch zum Glück nicht auf die meistbefahrenen Straßen. So

verlor er nicht den Anschluss, bis der Fremde endlich sein Ziel erreichte: Er bog auf einen Parkplatz ein, auf dem sicher hundert Wagen standen.
Zu seiner Linken thronte ein beeindruckender mehrstöckiger Rundbau aus Glas und Metall – das *Los Angeles Ozeaneum und Delfinarium*. Peter hatte davon gehört, es jedoch noch nie besucht. Ein großer Zoo für Wasserlebewesen, der vor allem bei Kindern sehr beliebt war. Und die Show mit trainierten Delfinen war weithin bekannt, manchmal wurde die ganze Gegend mit Werbeplakaten dafür zugeklebt.
Wasserlebewesen ...
Das passte ja. Peter dachte an die Transportbox mit dem wertvollen Golden Monkey Flowerhorn.
Der Kastenwagen rollte langsam an einer Gruppe von etwa zwanzig Leuten vorbei, passierte den Rundbau und steuerte ein kleineres, extra stehendes Gebäude an, vor dem nur wenige Autos parkten und niemand sich aufhielt.
Peter blieb zurück und hielt am Rand des Besucherparkplatzes. Als er ausstieg, betrachtete er die Menschengruppe genauer – offenbar war es eine Demonstration. Zwei Frauen trugen ein drei Meter breites Banner, auf dem in riesigen Buchstaben stand: DELFINE GEHÖREN IN DIE FREIHEIT!
Ein hagerer Mann mit bauschigem Vollbart und einer braunen Schlappmütze eilte auf ihn zu und reichte ihm einen Flyer. »Es ist unnatürlich und eine Quälerei für die Delfine, in Gefangenschaft –«, setzte er an.
Peter nahm zwar den Handzettel, unterbrach den anderen jedoch: »Sorry, keine Zeit.« Er durfte nicht verpassen, wohin der Verdächtige genau ging.

»Wenn du meinst!«, rief ihm der Hagere hinterher. »Aber für Tierschutz muss immer Zeit bleiben!«

Peter ließ sich auf keine Diskussion ein, sondern schlenderte in Richtung des kleineren Gebäudes. Er entdeckte ein Schild, das klarmachte, worum es sich dabei handelte: ein dem Ozeaneum angeschlossenes Meeresforschungszentrum.

Der Tätowierte stand am Eingang, wo er einen Code in ein Tastenfeld neben der Tür tippte. Daraufhin konnte er eintreten. Anscheinend arbeitete er hier. Sehr gut, denn so bestand die Chance, ihn auch später wiederzufinden.

Schlecht war allerdings, dass Peter ihm momentan nicht folgen konnte. Möglicherweise gelang es ihm aber, im Ozeaneum mehr in Erfahrung zu bringen.

Der Zweite Detektiv ging auf das Hauptportal zu. Doch dummerweise kam er zu spät – der letzte Einlass lag eine Viertelstunde zurück. Noch befanden sich eine Menge Leute im Gebäude, aber es würde in knapp einer Stunde schließen. Peter trat ein und steuerte auf den Empfangstresen zu. »Bitte, ich will nur mal schnell –«

Die Frau an der Kasse, die gerade ihre Sachen packte, unterbrach ihn. »Keine Ausnahmen, Junge, ich bedaure«, sagte sie in einem so unfreundlichen Tonfall, der jedes Bedauern kategorisch ausschloss. »Außerdem könntest du in der kurzen Zeit sowieso kaum noch was sehen. Wäre sowieso Geldverschwendung.«

Peter schaute auf ihr Namensschild. »Aber, Sarah, hören Sie, ich will doch nur …«

»Die Kasse ist sowieso schon geschlossen.« *Sowieso* schien ihr Lieblingswort zu sein. »Komm morgen wieder.«

Kurz überlegte Peter, gezielt nach dem tätowierten Mann zu fragen, aber er wollte kein Misstrauen wecken. Und wahrscheinlich hätte die Kassiererin ihm *sowieso* nicht geantwortet. Mit einem gemurmelten »Okay« verließ er das Gebäude wieder.

Draußen kam sofort erneut der hagere Kerl mit dem Vollbart und der Schlappmütze auf ihn zu und hielt ihm einen Flyer entgegen. »Delfine gehören in die Freiheit«, rief er, um etwas leiser fortzufahren: »Es ist eine Quälerei für die Tiere, dass ... oh.«

Peter grinste. »Ja, wir hatten eben schon das Vergnügen.«

»Wenn man es so nennen will«, sagte Mr Vollbart. »Du warst ja nicht gerade sehr aufgeschlossen.«

»Hatte keine Zeit.«

»Für Tierschutz muss ...«

»... immer Zeit bleiben, ja. Auch das hatten wir schon.«

»Bist ja ein ganz pfiffiges Kerlchen, was?« Der andere grinste und mit einem Mal wirkte er recht sympathisch. »Ich bin David Hill, Anführer dieser kleinen Demonstration hier. Das heißt, ich kümmere mich um den organisatorischen Kram.«

»Wenn Sie so für die Delfine kämpfen, kennen Sie sich bestimmt mit den Hintergründen aus. Ich habe gesehen, dass es dort drüben ein Meerestierforschungsinstitut oder so ähnlich gibt.« Peter tat bewusst ein wenig naiv. »Diese Leute kümmern sich doch bestimmt auch um artgerechte Haltung und solche Sachen?«

»Schön wär's!« David Hill seufzte. »Das heißt, manche von den Wissenschaftlern sind gar nicht so übel, aber im Großen und Ganzen geht's dabei letztendlich doch allen nur ums Geld.

Die rechtfertigen die Gefangenschaft der Delfine, indem sie irgendwelche Gründe erfinden, die gut klingen. Und überhaupt … dass sie die Tiere dressieren, ist unnatürlich!«

»Kennen Sie die Leute im Institut?«

»Manche.«

Sollte Peter es wagen? »Als ich eben hinter dem Ozeaneum war, ist zum Beispiel ein ziemlich cool aussehender Typ reingegangen, mit Drachen-Tattoos und einer kurzen Lederhose.«

Der Tierschützer hob die Schultern. »Sagt mir nichts. So gut weiß ich auch wieder nicht Bescheid, wer dort was treibt. Mir geht's um die Delfine. Wenn du dazu Fragen hast oder dich für ihre Rechte einsetzen willst, kannst du bei uns mitmachen.«

»Vielleicht«, meinte Peter vage.

»Nimm meine Karte mit.« David Hill hielt ihm eine Visitenkarte hin.

Peter musste schmunzeln. Normalerweise waren sie es immer, die ihre Visitenkarten an Leute verteilten, die die Detektive beauftragten. »Gern«, sagte er, nahm die Karte und las:

Anwalt der Delfine David Hill Ich kämpfe für jedes Tier

Auf der Rückseite standen noch E-Mail-Adresse und Handynummer.
Der Zweite Detektiv bedankte und verabschiedete sich und ging zurück zu seinem MG. Seine Gedanken wanderten zu dem Verdächtigen. War er ein Wissenschaftler im Meeresforschungszentrum? Er könnte auch ein Hausmeister oder sonst ein Mitarbeiter sein. Jedenfalls hatte er mit großer Wahrscheinlichkeit Zugang hinter die Kulissen des Ozeaneums. Hatte er den teuren Fisch dort gestohlen und in der Ruine versteckt? Aber warum an einem so gefährlichen und schwer erreichbaren Ort? Oder steckte etwas ganz anderes dahinter? Schließlich hatte er die Transportbox weder dorthin gebracht noch sie mitgenommen.
Und was suchte die Küstenwache auf der Insel? Wieso hatte sich der Verdächtige vor den Männern versteckt?
Und was hatte es mit Bobs Erdbeben auf sich, das nur er mitbekommen hatte und niemand sonst?

Die Bucht

»Jemand wird kommen und die Box abholen«, sagte Justus auf dem Weg zurück zum Sanatorium. »Bestimmt! Das Tier kann darin ein paar Stunden überleben, vielleicht auch ein oder zwei Tage – ich glaube jedoch nicht, dass die Tierschmuggler die Box hier lange unbeachtet stehen lassen.«

»Tierschmuggler?«, fragte Bob.

»Ich gebe zu, das ist nur eine Vermutung, aber irgendetwas Derartiges steckt dahinter, das halte ich für eindeutig.« Er dachte nach. »Etwas, das sogar die Küstenwache hierherzieht, denn die sind bestimmt nicht zufällig auf der Insel.«

»Was können sie hier wollen?«

»Offiziere der Küstenwache gehen keinen rein polizeilichen Aufgaben nach«, dozierte Justus, »aber auch keinen rein militärischen. Man bezeichnet die Küstenwache deshalb als paramilitärische Organisation, eine der sieben uniformierten Dienste der Vereinigten Staaten. Ihre Aufgaben sind vielfältig, reichen zum Beispiel von der Aufrechterhaltung der öffentlichen Ordnung auf dem Meer bis zum Schutz der Umwelt und der Unterbindung von Drogenhandel oder auch der Durchsetzung wirtschaftlicher Interessen auf dem Seehandelsweg.«

»Aber Tierschmuggel?«, fragte Bob skeptisch.

Justus nickte. »Du hast recht mit deinem Zweifel. Aber wir könnten bis zur Widerlegung meines Verdachts diesen Begriff der Einfachheit halber dennoch verwenden. Oder legst du Widerspruch ein?«

Das tat Bob nicht und die beiden Freunde bezogen diesmal im Untergeschoss der Ruine Stellung – im hinteren, dunkleren Bereich in einem fensterlosen, kleinen Raum ohne Tür, der früher wohl als Toilette gedient hatte. Es gab nur noch die Anschlüsse in der Wand. Die Fliesen drumherum waren teils herausgerissen, teils zersplittert. Aus den offenen Enden der Rohre drang brackiger Gestank.

Von dort blickten sie genau auf die letzten Stufen der Wendeltreppe und die Transportbox mit dem Fisch unter dem Fenster, das in einen Innenhof führte.

Es hatte den dritten Detektiv nach seinem Erlebnis einige Überwindung gekostet, in die Ruine zurückzukehren. Aber es war jetzt wieder vollkommen ruhig.

Bob sah es genau wie Justus: Keiner stellte einen so wertvollen Fisch ab und ließ ihn länger an diesem bizarren Ort stehen. Aber es tauchte niemand auf, und die Wartezeit kam ihnen bald wie eine Ewigkeit vor, wozu der Gestank aus den Rohren seinen Teil beitrug.

Um die Zeit zu nutzen, ging Bob mit dem Handy ins Internet. Natürlich stand es auf lautlos, wie immer, wenn sie eine Observierung durchführten. Er startete eine weitere Recherche zur Ruine. Schon bei der Suche gestern hatte er einige Berichte über Skandale und Skandälchen von Reichen und Möchtegern-Prominenten gelesen, die sich in dem Sanatorium zu dessen Glanzzeiten hatten behandeln lassen. Man hatte eine Menge Geld hinlegen müssen, um an diesem exklusiven Ort einen Therapieplatz zu bekommen. Und Reporter von Klatschblättern hatten offenbar stets geradezu darauf gewartet, ein bekanntes Gesicht unter den Patienten zu erkennen.

Nun las Bob ein Interview, das im Zusammenhang mit der Schließung des Sanatoriums vor inzwischen zwanzig Jahren geführt worden war. So stieß er auch wieder auf den Namen der damaligen Leiterin, Mrs Sarah Roskin. Sie klagte ihr Leid und erzählte in blumigen Worten, dass durch den Einsturz der Grotte – in der man die beliebten Tier-Therapien wie das Schwimmen mit Delfinen durchgeführt hatte – das Sanatorium zu einem lebensgefährlichen Ort geworden war und geschlossen werden musste. »Es ist eine Tragödie für die vielen angestellten Ärzte und das gesamte Pflegepersonal. Und eine wirtschaftliche Katastrophe für mich«, wurde Mrs Roskin zitiert. »Ich persönlich leite das Sanatorium nicht nur, das ganze Anwesen gehört mir. Und nun ist es nahezu wertlos. Glauben Sie mir, ich bin froh, dass bei dem Einsturz niemand ernsthaft verletzt wurde oder zu Tode gekommen ist.«
Bob fragte sich, ob diese Mrs Roskin das Gebäude nach wie vor besaß. Aber wer hätte es ihr unter diesen Umständen abkaufen sollen?
Justus tippte ihn an. »Jemand kommt«, flüsterte er.
Sofort ließ Bob das Handy sinken und schaltete das verräterische Licht des Displays aus.
Tatsächlich!
Ein Mann kam die letzten Stufen der Wendeltreppe nach unten gehastet. Er betrat die ungesicherte Treppe eindeutig nicht zum ersten Mal. Es war ein kleiner Mann mit Jeanshosen, einem grauen Shirt und braunen Haaren. Mehr konnten sie nicht erkennen. Bob machte ein paar Fotos, wie der andere zum Fenster ging und dort die Transportbox am Griff packte. Er trug sie jedoch nicht etwa zurück zur Treppe. Stattdessen

schob er das Fenster komplett auf, hob zuerst die Box hindurch, stellte sie im Innenhof ab und kletterte danach selbst nach draußen!

Damit hatten die beiden Detektive nicht gerechnet. »Ich schau mir das an«, flüsterte Bob. Er huschte aus ihrem Versteck, hielt sich seitlich an der Wand, erreichte das hochgeschobene Fenster und linste nach draußen.

Unkraut wucherte überall in dem Innenhof. Die Sonne spiegelte sich auf einer mit wenigen Brettern vernagelten Glastür, die gegenüber wieder ins Gebäude hineinführte.

Zuerst dachte Bob, der Fremde würde genau dorthin gehen, doch er steuerte eine Ecke des Innenhofs an, in der zwei Flügel des Sanatoriums zusammentrafen, und ging einen Treppenabgang nach unten. Das Letzte, was der dritte Detektiv sah, war, wie der andere eine Taschenlampe anschaltete.

»Los, Just!« Bob zog sich im Fensterrahmen hoch, schob sich weiter und stand einen Atemzug später im Freien. Der Erste Detektiv folgte ihm, und gemeinsam eilten sie los, quer durch den Innenhof zu dem Treppenabgang.

Die Treppe führte als offener Abgang in ein Kellergeschoss. Vorsichtig nahm Bob die ersten Stufen und lauschte.

Nichts zu hören.

Wohin war der Fremde verschwunden?

Der dritte Detektiv ging weiter nach unten. Dort war es dunkel, nur durch den offenen Treppenabgang fiel ein wenig Licht in die Tiefe. Vom Taschenlampenstrahl des anderen keine Spur. Hatte der Fremde sie bemerkt und lauerte seinen Verfolgern nun irgendwo auf?

Bei diesem Gedanken schlug Bobs Herz schneller. Langsam

gewöhnten sich seine Augen an die Düsternis. So konnte er immerhin erkennen, wohin die Treppe führte: Es musste eine kleine Tiefgarage gewesen sein. Die Linien der eingezeichneten Parkplätze am Boden ließen sich noch erahnen. Hier und da stützten schmucklose Säulen die Decke.

Bob schaltete sein Handy ein, um durch das Displaylicht wenigstens etwas Helligkeit zu haben. Er tastete sich nach rechts vor.

Da – eine Bewegung!

Ein … Huschen in der Luft.

Im nächsten Moment zischte etwas an Bobs Kopf vorbei, berührte seine Haare. Der dritte Detektiv zuckte zurück, hob unwillkürlich die Arme zur Abwehr, streifte dabei einen schmalen Tierkörper. Es kreischte und flatterte überall. Das Handy fiel Bob aus der Hand, prallte auf den Boden und ging aus. Auch das noch! Im Schummerlicht schwirrten Schattenrisse durch die Luft.

Eine Berührung an der Schulter! Bob schlug danach, sprang rückwärts und stieß gegen Justus, der leise fluchte. Beide fielen zu Boden. Der dritte Detektiv prallte schmerzhaft mit der Hüfte auf. Perplex blieben die beiden Jungen liegen und rührten sich nicht. Der Schwarm Fledermäuse, den Bob aufgeschreckt hatte, flatterte über sie hinweg.

Es dauerte eine Ewigkeit, bis wieder Stille einkehrte. Die Tiere verzogen sich anderswohin in der Tiefgarage.

Justus rappelte sich auf. »Großartig, Dritter. Bleib ruhig weiter so unauffällig.«

Bob tastete nach seinem Handy.

Der Erste Detektiv grinste. »Das muss dir erst mal einer nachmachen. Jedenfalls können wir aus dem kleinen Zwischenfall etwas lernen.«

»Und das wäre?«, fragte Bob. »Besser aufzupassen? Ich hätte das nicht ahnen können!« Er fand das Telefon und zum Glück schien es unversehrt zu sein.

»Darum geht es mir nicht. Wir können vielmehr schlussfolgern, dass der Mann, den wir verfolgen, von dem Treppenabgang aus mit großer Wahrscheinlichkeit nach links gegangen ist, sonst hätte er schon vor dir die Tiere aufgeschreckt.«

Also gingen sie zurück, wählten ebenfalls diesen Weg und kamen an der eigentlichen Ein- und Ausfahrt der Parkgarage vorbei. Diese war mit einem verrosteten Gitter verschlossen, das wohl seit Jahren oder Jahrzehnten nicht mehr bewegt worden war. Lange zurückliegender Regen hatte Erde und Matsch die Rampe nach unten gespült, der nun etliche Zentimeter die Stäbe hoch reichte. Ein Stück weiter gab es einen zweiten Treppenaufgang.

»Hier muss der Kerl hochgegangen sein«, sagte Justus leise. Er nahm die ersten Stufen.

Die Treppe war sehr viel länger als erwartet, und als Justus den ersten Absatz erreichte, schlugen ihm Licht und erstaunlich frisch riechende Luft entgegen. Je höher er stieg, umso lauter hörte er das Meer rauschen.

Schließlich standen sie im Freien – auf einem Felsplateau, das Sanatorium im Rücken.

Bob schaute die steil abfallende Felswand hinunter. »Wir sind genau über der Stelle, an der der Fußweg unten in der Sackgasse mündet.«

Auf der anderen Seite des kleinen Plateaus lag das Meer, auch hier fiel der Fels steil ab. In der Tiefe toste das Wasser um die Klippen. Welle um Welle überspülte die schwarzen gezackten Felsen mit weiß schäumender Gischt.

»Was will der Kerl hier?«, fragte Justus und sah sich um.

Seitlich gab es die Möglichkeit, in eine schmale Bucht hinabzuklettern – der einzige Weg, den der Fremde genommen haben konnte. Und offensichtlich auch der einzige Weg, diesen abgelegenen Ort dort unten überhaupt zu erreichen. Zum offenen Meer hin schirmten ihn aus dem Wasser ragende scharfkantige Felsen ab. Kein noch so kleines Boot würde einen Weg hineinfinden. Die Wellen schlugen in die Bucht und überspülten die kopfgroßen Steine, die überall auf dem schmalen Strandstück lagen, von dem die steile Felswand aufragte.

Und trotzdem entdeckten Justus und Bob den Mann nicht.

»Was ist hier bloß los?« Der dritte Detektiv seufzte. »Ständig verschwinden irgendwelche Leute.«

»Er hat sich genauso wenig in Luft aufgelöst wie unser tätowierter Freund«, stellte Justus sachlich fest. »Es muss einen Weg aus der Bucht geben, den wir von hier aus nicht sehen können. Vielleicht sogar einen in die eingestürzte Grotte unter dem Sanatorium.«

»Und wer steigt bitte schön freiwillig in eine lebensgefährliche Grotte?«

»Derselbe, der offenbar nicht überrascht ist, einen Tausend-Dollar-Fisch in einer Transportbox in der Ruine eines ehemaligen Luxussanatoriums zu finden«, schlug Justus vor.

Die beiden kletterten abwärts.

Bob ging voraus. »Wenn ich mir vorstelle, jetzt noch so eine Box mit mir herumzuschleppen, hätte ich sicher ziemliche

Mühe damit«, sagte er. »Zumal dem Kerl nicht viel Zeit geblieben ist, bis wir hier aufgetaucht sind.«
»Erstens kennt er sich offenbar aus und weiß, wie er am besten in die Bucht kommt. Und zweitens hat ihm deine Fledermaus-Aktion einige Minuten Vorsprung verschafft.«
»Du hast auch für alles eine Antwort parat, oder?«
»Ein guter Detektiv muss sich stets bemühen, das Offensichtliche –«
»Schon gut!«
»Du solltest mein Streben nach Logik und Wahrheit zu würdigen wissen!« Justus tastete mit dem Fuß nach festem Halt, fand ihn und griff mit der Hand nach. Da huschte ein großer Krebs direkt vor seinen Fingern davon. Der Erste Detektiv erschrak, rutschte ab und schlug mit dem Knie auf. Steine kullerten unter ihm weg, klapperten abwärts – fast alle an Bob vorbei. Einer allerdings krachte dem dritten Detektiv direkt auf die Schulter.
Bob sog zischend die Luft ein und rieb sich die getroffene Stelle. »Und wer sollte jetzt besser aufpassen?«
»Ich habe nie gesagt, dass –«
»In Ordnung«, unterbrach Bob. »Sehen wir zu, dass wir nach unten kommen. Hoffentlich lohnt sich die Kletterei und wir finden dort was.«
Wenig später standen sie in der Bucht. Die Wellen rauschten bis dicht zu ihnen heran. Bob überlegte, ob gerade Flut oder Ebbe herrschte. Aber das wusste nicht mal Justus.
Sie sahen sich um, kletterten ein wenig herum, suchten nach dem vermuteten Höhleneingang. Doch da war nichts.
Wohin war der Mann mit der Transportbox verschwunden?

Hatte er doch einen anderen Weg aus der Tiefgarage genommen?
Unverrichteter Dinge kletterten die Freunde zurück nach oben auf das Felsplateau, die Treppe wieder hinunter und gingen in der Garage auf die Suche, aber es gab in der kargen Betonhalle nur die beiden Treppenabgänge und die durch das Gitter verschlossene Ein- und Ausfahrt, die der Mann unmöglich passiert haben konnte.
Der Fremde blieb spurlos verschwunden.

Delfine und begeisterte Fans

Am nächsten Tag nach der Schule waren die drei ??? auf dem Schrottplatz verabredet, dem »Gebrauchtwarencenter T. Jonas«, den Justus' Onkel Titus und seine Tante Mathilda betrieben. Seit dem Tod seiner Eltern vor vielen Jahren lebte der Erste Detektiv dort bei seinen Verwandten.

Als Peter und Bob eintrafen, diskutierte Justus gerade mit seiner Tante, die die Jungen wie so oft zum Aufräumen verdonnern wollte. Er vertröstete sie auf später, und kurz darauf waren die Jungen unterwegs Richtung Los Angeles.

Am Tag zuvor hatte Peter seine Freunde von der Insel abgeholt, nachdem er festgestellt hatte, dass der Tätowierte in der kurzen Zeit, die der Zweite Detektiv im Ozeaneum gewesen war, das Gelände offenbar wieder verlassen hatte. Der Kastenwagen war jedenfalls vom Parkplatz verschwunden gewesen. Zu dritt hatten sie noch bis zur Dämmerung gewartet, doch der Fremde war nicht wieder aufgetaucht.

»Ich habe nachgeforscht«, sagte Bob zu seinen Freunden. »Es gab gestern definitiv kein Erdbeben hier in der Region. Nicht mal ein winziges.«

»Habe ich dir doch gesagt«, meinte der Erste Detektiv von oben herab.

»Ich musste *trotzdem* nachsehen«, erwiderte Bob.

»Was die Frage aufwirft, *was* du gehört hast«, sagte Justus.

»Einen Einsturz in der Grotte«, vermutete Peter. »Der würde wohl kaum dokumentiert oder von irgendwelchen Überwachungsstellen wahrgenommen werden.«

»Trotzdem bleibt unklar, wieso erneut ein Teil der Grotte eingestürzt sein soll.«
»Vielleicht hat unser tätowierter Freund sich irgendwo dort unten zu schaffen gemacht und eine Erschütterung ausgelöst.«
»Aber auch in diesem Fall hätte ich draußen im Garten etwas mitbekommen müssen!« Justus knetete seine Unterlippe. »Irgendwas ist da faul, Kollegen.«
Sie erreichten das Ozeaneum ohne Zwischenfälle, und diesmal war es kein Problem, Eintrittskarten zu kaufen. Sie mussten sich nur für wenige Minuten in der Schlange an der Kasse anstellen.
Im Innern empfing sie eine riesige Aquarienscheibe, hinter der ein Schwarm bunt schillernder Fische seine Kreise zog. Die Tiere ließen sich nicht aus der Ruhe bringen, als erst ein großer Schatten auf sie fiel und im nächsten Moment ein Rochen mit flappenden Flossen an ihnen vorbeischwebte.
Vor der Scheibe drängten sich dutzende Menschen. Die Freunde gingen weiter, vorbei an kleineren Becken, die Korallen und Schildkröten beherbergten.
Peter blieb fasziniert vor einer rötlich beleuchteten Scheibe stehen, hinter der Quallen mit pumpenden Bewegungen durchs Wasser trieben und lange, fadenartige Ausläufer ihres Körpers mit sich zogen. Sie sahen aus wie eine Schar tanzender Tiergeister.
Justus sprach derweil einen gelangweilt aussehenden jungen Mann an, der ein grünes Shirt mit dem Logo des Ozeaneums trug und auf einem einfachen Stuhl neben einem Schild saß, auf dem stand: *Brauchen Sie Hilfe? Sprechen Sie mich an!*
»Entschuldigen Sie.«

»Ja? Was kann ich für dich tun?«
Der Erste Detektiv dehnte die Wahrheit ein wenig: »Ich habe neulich mit einem Ihrer Kollegen gesprochen und wollte ihn noch etwas fragen.«
»Wie hieß er denn?«
»Das weiß ich leider nicht.«
»Dann kann ich ...«
»Aber er hatte einige Tattoos auf dem Arm. Chinesische Drachen.«
»Ah, Zach Canning. Hast ihn nach der Show angesprochen, was?«
»Genau«, improvisierte Justus.
»Zach und Nicole treten gleich wieder auf. Am besten gehst du hinterher zu ihm. Findest Zach cool, was?«
»Durchaus«, meinte Justus. »Danke für die Information.«
Der andere deutete auf das Schild neben sich. »Hey, dafür bin ich da. Noch weitere Fragen? Ich beantworte sie dir gern. Außer du willst die Handynummer von Nicole haben. Die versuche ich selbst seit Monaten zu bekommen.« Er grinste schmallippig und zwinkerte dabei.
Justus berichtete seinen Freunden, was er herausgefunden hatte, und zusammen gingen sie zum Delfinarium, zu dem auch viele andere Leute unterwegs waren.
Eine Tribüne mit Sitzplätzen für bestimmt zweihundert Besucher formte einen Halbkreis um ein gewaltiges Becken, das von durchsichtigen Glaswänden umgeben war. Mehrere Stuhlreihen waren bereits komplett besetzt. Die Detektive fanden trotzdem noch drei Plätze nebeneinander. Im Becken schwammen zwei Delfine. Über dem Wasser verliefen einige Stege, die

den Trainern während der Show viel Bewegungsmöglichkeit boten.

»Ich erinnere mich jetzt wieder«, sagte Bob. »Ich war mit meinen Eltern hier, aber das ist ewig her. Damals war ich vier oder so. Von der Show weiß ich nur noch, dass ich die Delfine cool fand und dass alle nass gespritzt wurden.«

»Die Delfine werden bestimmt gefüttert und zeigen ein paar Kunststückchen«, vermutete Peter.

»Ein bisschen mehr als das ist es wohl«, sagte Justus. »Ich habe einen Artikel darüber gelesen. Die Fähigkeiten der Tiere müssen außergewöhnlich sein.«

Kurz vor Beginn der Show spielte dröhnend laute Musik. Besonders die Kinder klatschten mit. Als dann Zach Canning und seine Kollegin Nicole auf dem Steg über das Becken liefen, toste donnernder Applaus. Beide trugen Neoprenanzüge. »Liebe Besucher, herzlich willkommen bei uns im Delfinarium! Ich bin Nicole«, sagte die Frau in das Mikrofon eines Headsets. »Mein Kollege Zach und ich werden euch in der nächsten halben Stunde zeigen, wie schlau Delfine sind – und ganz besonders unsere!«

»Ihr werdet staunen«, ergänzte Canning. »Hier im Delfinarium leben momentan insgesamt sechs Delfine – der sechste kam erst vor wenigen Tagen dazu. Nur zwei der Tiere nehmen an der Show teil – diejenigen, die wir am besten trainiert haben!« Er beugte sich übers Wasser, wo bereits die Köpfe der Delfine ins Freie ragten. Die Tiere schauten die beiden Pfleger an, die Fische aus einem Eimer holten und ihnen zuwarfen. Die Delfine verschlangen sie mit einem Happs. Zach Canning klatschte zweimal und hob den rechten Arm. Die Delfine sprangen so hoch, dass ihre ganzen Körper für einen Augenblick über dem Wasser schwebten, ehe sie zurückplatschten. Das Publikum johlte begeistert.

Es folgten einige weitere Kunststücke, die Zach leitete, während Nicole um das Becken lief und ein Seil etwa einen Meter über der Wasseroberfläche spannte. Dann rannte sie mit den Armen winkend den Steg entlang. Die beiden Delfine jagten ihr im Wasser nach, ehe sie wieder heraussprangen – diesmal über das gespannte Seil, was von den Zuschauern mit begeisterten Rufen beantwortet wurde.

»Vor unserer Tür stehen seit einiger Zeit häufig Demonstranten«, sagte Zach Canning schließlich, »die anprangern, dass wir bei uns Delfine halten. Ich will das nicht verheimlichen – die meisten von euch wissen es sowieso und haben vielleicht ein schlechtes Gewissen, an der Show teilzunehmen und sich an der Leistung der Tiere zu erfreuen. Ich versichere euch, dass ihr das nicht müsst! Wir versorgen die Delfine bestens. Und warum leben sie überhaupt bei uns? Ich erzähle dazu eine kleine Geschichte: Vor wenigen Tagen wurde draußen auf dem Meer ein Delfin verletzt. Eine Schiffsschraube hat seine linke Körperseite aufgerissen – das ist die wirkliche Gefahr für diese herrlichen Tiere! Zu viele Boote, die rücksichtslos die Küste befahren. Delfine mögen das von ihnen aufgewühlte Wasser und die Luftblasen, spielen darin, schwimmen mit den Schiffen mit … und verletzen sich nicht selten dabei. So wie Percy, unser Neuzugang. Diesen Delfin haben wir geborgen und gerettet. Er lebt nun hier im Delfinarium, wir pflegen ihn gesund. In einigen Monaten entlassen wir ihn wieder in die Freiheit. Dafür braucht es Einrichtungen wie uns. Zum Tierwohl! Und

damit wir allen Menschen zeigen können, wie wertvoll und schützenswert die Tiere sind.«
Bei seinem letzten Wort sprang seine Kollegin ins Wasser und tauchte unter. Durch die Glaswand des Beckens beobachteten die drei ??? mit den anderen Zuschauern, wie sie das linke Bein anwinkelte und das rechte gerade nach hinten ausstreckte. Einer der Delfine schwamm mit seiner Schnauze an ihren Fuß und drückte die Pflegerin vorwärts – das Tier schob seine Pflegerin in hohem Tempo zielgenau voran.
Über den tosenden Applaus und das Lachen der Kinder hinweg fuhr Zach Canning fort: »Delfine lassen sich gut trainieren und wir bauen eine Beziehung zu ihnen auf. Sie kennen uns und führen unsere Befehle aus. Hier geschieht das für die Show und den Tieren macht es Spaß. Aber man kann Delfine im Meer auch zu ganz anderen Zwecken missbrauchen. Etwa beim Militär! Im Zweiten Weltkrieg wurden Delfine mit Bomben bestückt und so trainiert, dass sie sich feindlichen Schiffen näherten. Mehr muss ich wohl nicht sagen. Das ist etwas, wogegen Tierschützer zu Recht aufbegehren können! Wir hier im Delfinarium aber leisten wertvolle Arbeit, indem wir die Tiere schützen, sie pflegen und ihr Verhalten erforschen.«
»Klingt allzu deutlich nach Werbeshow«, meinte Justus.
Nach diesem kurzen Exkurs ging Zach Canning wieder zur Vorführung über. »Aber genug davon! Genießen Sie den Rest der Show!« Damit sprang auch er ins Becken und der zweite Delfin schwamm sofort zu ihm. Menschen und Tiere bildeten unter Wasser einen Kreis und drehten sich wie ein Rad. Die Darbietung lief noch einige Minuten, das Publikum zeigte sich bis zum Ende begeistert.

Als sich die beiden Pfleger verabschiedeten, leerte sich die Tribüne rasch.
Die drei ??? hatten sich einen ersten Eindruck verschafft und wollten Mr Canning aushorchen. Dazu plante Bob, sich als Fan auszugeben, der um ein Autogramm bat, und dann eine Fangfrage zu stellen. Justus und Peter wollten sich zunächst im Hintergrund halten – es konnte sich später als hilfreich erweisen, wenn der Delfintrainer sie noch nicht kannte.
Während seine Freunde zum Ausgang gingen, lief Bob also runter Richtung Becken. Zu seiner Überraschung kam der Tierpfleger ihm direkt entgegen – ein glücklicher Zufall. Canning trug eine kleine Tasche.
»Mr Canning«, sagte Bob und stellte sich ihm in den Weg.
»Tut mir leid, ich habe keine Zeit, ich …«
»Bitte, ich habe nur eine kurze Frage.«
Canning blieb stehen und sah Bob an. »Was gibt's, Junge? Willst du ein Autogramm?«
»Ich habe eine Frage, Sir. Wie –«
Der Delfintrainer ließ ihn nicht ausreden. »Komm einfach mit, ich muss dringend in mein Büro. Lass uns unterwegs reden.« Er ging wieder los, in Richtung der hinteren Sitzreihen. Dort entdeckte Bob eine verschlossene Tür, auf der *Nur für Mitarbeiter* stand.
Der Delfintrainer ging die letzten Schritte zur Tür, zog einen Schlüssel aus der Tasche, schloss auf und bedeutete Bob, mit ihm zu kommen.
Kaum war Bob durch die Tür, huschte Canning ebenfalls hindurch, schlug die Tür unnötig hart zu und schloss ab.
Mit einem Mal kam sich Bob vor wie gefangen. Verdammt, er

hatte sich einfach von Justus und Peter weglocken lassen! Der dritte Detektiv sah sich hektisch um. Ein Korridor, von dem mehrere Türen abgingen, wohl ein Trakt mit den Büros der Mitarbeiter.
Aber niemand war zu sehen. Niemand, der ihm helfen könnte! Blitzartig kam ihm wieder in den Sinn, wie Canning sich vor der Küstenwache versteckt hatte ...
Der Delfintrainer verschränkte die Arme vor der Brust. Wasser tropfte von seinen Ellenbogen. »Also, jetzt mal Klartext!«
»Was meinen Sie? Ich verstehe überhaupt nicht, was Sie so verärgert. Ich habe Ihnen doch nur eine Frage –«
»Stell dich nicht dümmer, als du bist! Ihr drei fragt überall nach mir. Raus mit der Sprache oder muss ich erst handgreiflich werden?«
Nun stand endgültig fest, dass Canning den Arglosen nur gespielt hatte – er hatte genau gewusst, dass Bob kein harmloser Autogrammjäger war, und ihn ganz gezielt in die Falle gelockt!

Der verfolgte Verfolger

»Also, wer seid ihr und was wollt ihr von mir?«, fragte Canning.

»Wir sind von der Show begeistert und wollten mehr über die Delfine erfahren«, behauptete Bob. Er fand selbst, dass es nicht sonderlich überzeugend klang, aber Canning hatte ihn überrumpelt. Noch konnte er sich vielleicht aus der Affäre ziehen.

Der Delfintrainer schien ihn mit Blicken durchbohren zu wollen. »Und deshalb habt ihr schon im Vorfeld ganz gezielt nach mir gefragt, ja?«

Der dritte Detektiv überlegte fieberhaft, wie er antworten sollte. Hinter ihm wurde an der Tür gerüttelt – wahrscheinlich versuchten Justus und Peter, ihm zu folgen, doch es war abgeschlossen. Sollte er um Hilfe rufen?

Canning packte ihn am Arm. »Wir beide gehen jetzt in mein Büro.«

Bob deutete zur Tür. »Meine Freunde wissen, wo ich bin!«

»Ach, und weiter? Soll mir das Angst machen?«

»Sie können mich nicht –«

»Was denkst du denn? Dass ich dich verschwinden lassen will? Oder dich vielleicht gleich hier mitten im Delfinarium um die Ecke bringe? Das hier ist kein einsamer Kerker in einer Burg, Bursche! Ich will nur wissen, warum ihr mir hinterherspioniert!«

»Das können wir Ihnen gerne sagen. Zu dritt.«

Zu seiner Überraschung nickte Canning. »Also gut. Aber

dann will ich die Wahrheit wissen, kapiert?« Er schloss die Tür auf. Peter stürmte hindurch und wollte sich auf Canning stürzen. Justus kam direkt hinterher.
»Wartet!«, rief Bob. Als er seine beiden Freunde sah, fühlte sich der dritte Detektiv gleich viel sicherer, obwohl Cannings Verhalten ihn verwirrte.
»Keine Märchen, Jungs! Ich weiß, dass du ...«, Canning bohrte seinen Zeigefinger auf Peters Brustkorb, »... mich gestern schon verfolgt hast!«
Den drei ??? war klar, dass Canning viel mehr wusste, als sie gedacht hatten. Sie wechselten rasche Blicke und verstanden sich auch ohne Worte. Der Delfinpfleger ging in die Offensive und stellte sie zur Rede? Das konnten die drei ??? schon lange. Also drehten sie den Spieß um!
»Na gut«, sagte Peter. »Wir waren in der Ruine des alten Sanatoriums vor Long Beach. Genau wie Sie. Wir haben Sie gesehen. Was wollten Sie dort?«
»Und was hat es mit der Transportbox auf sich, in der sich ein äußerst wertvoller Golden Monkey Flowerhorn befand?«, ergänzte Justus.
Cannings Augen weiteten sich. »Leise, Jungs. Das darf keiner hören.«
»Ich sehe hier niemanden, der uns belauschen könnte«, sagte Bob. »Haben Sie das Tier aus dem Ozeaneum gestohlen?«
»Bitte leise! Und nein, das habe ich nicht. Natürlich nicht! Kommt mit mir in mein Büro. Wir sollten in Ruhe weitersprechen.«
»Wir –«
»Kommt mit! Das geht niemanden etwas an. Und es ist ge-

fährlich, wenn die falschen Leute uns zuhören.« Zach Canning steckte offenbar voller Überraschungen. »Verflixt, wieso ihr ausgerechnet in dem Moment zur Ruine gekommen seid, interessiert mich schon. Ich glaube, wir haben uns einiges zu erzählen.« Er ging noch einige Meter weiter und öffnete eine Tür.

In dem kleinen, ziemlich unordentlichen Raum saß Cannings Partnerin Nicole und hielt ein Glas mit Saft in der Hand. »War eine klasse Show heute, Zach, oder? Gehst du mit, was zu es… Oh. Du hast Besuch.«

»Die Jungs sind Fans«, sagte Canning. »Interessieren sich für Delfine und das Training. Ich erzähle ihnen ein bisschen was dazu.«

»Wir recherchieren für ein Schulprojekt«, ergänzte Bob – eine gern genutzte Ausrede, die die meisten Leute schnell überzeugte.

»Na, dann lasse ich euch mal allein. Nach der Show habe ich immer einen Mordshunger.« Sie verließ den Raum.

Canning deutete auf eine abgewetzte kleine Couch. »Nehmt Platz.« Hinter der Couch standen einige Regale, vollgestopft mit Büchern, daneben ein seltsames Metallgestell, eine Art Schubkarre, nur dass es kein Rad gab und nicht nur zwei Griffe, sondern vier, die außerdem platzsparend eingeklappt waren. Der Delfintrainer selbst nahm den Stuhl, auf dem eben noch seine Kollegin gesessen hatte. Justus und Bob fanden auf der Couch Platz, Peter nur auf der Seitenlehne.

»Fangen wir mit Ihrer berechtigten Frage an, Sir«, begann der Erste Detektiv. Es konnte nicht schaden, ein paar harmlose Informationen zu geben – vielleicht rückte dann auch Mr Canning mit der einen oder anderen Erklärung heraus. »Wir haben bei der Ruine Fotos geschossen. Für ein Schulprojekt. Als wir das Loch im Zaun entdeckten, dachten wir, auf dem Gelände selbst fänden wir noch bessere Motive.«

»Ihr wisst aber sicherlich, dass es gefährlich ist. Dort herrscht überall Einsturzgefahr!«

»Sagt der Mann, den wir rein zufällig dabei beobachteten, wie er die Ruine betrat.« Mit dieser Behauptung dehnte Justus bewusst die Wahrheit ein wenig.

Canning zog die Augenbrauen hoch. »Ihr habt gesehen ...«

»... wie Sie durch das Fenster geklettert sind, ja. Also sind wir Ihnen gefolgt. Aus Neugierde.«

»Wir haben Sie nach unten verfolgt und die Transportbox mit dem wertvollen Fisch gefunden«, ergänzte Bob. Dass sie von dem Golden Monkey Flowerhorn wussten, hatten sie vorhin ohnehin schon verraten. »Sie selbst allerdings haben wir aus den Augen verloren. Nun sind Sie dran, Mr Canning.«

Der Delfinpfleger schwieg. Er sah nachdenklich aus. »Was den Fisch angeht ... da zieht ihr völlig falsche Schlussfolgerungen.«

»Wie ist es denn wirklich?«, fragte Peter.

»Ihr habt mich verfolgt. Und im Prinzip habe ich auch jemanden verfolgt.«

»Sie –«

Er ließ Peter nicht ausreden. »Meine Geschichte ähnelt eurer sehr. Nur dass sie hier im Ozeaneum beginnt statt in der Schule. Wie es aussieht, gehören wir alle vier zu den Guten. Es tut mir leid, dass ich so barsch zu euch war. Ich meine ... Ich dachte ... Also, ich habe befürchtet, dass ihr mit ihm unter einer Decke steckt und ihr mich deshalb verfolgt.« Seine Zungenspitze fuhr nervös über die Lippen. Er sackte in sich zusammen und sah mit einem Mal verloren aus, wie ein Häufchen Elend. »Aber das scheint ja nicht der Fall zu sein«, sagte er gleichsam erleichtert.

»Mit ihm? Wen meinen Sie? Jetzt machen Sie uns neugierig, Sir«, versuchte Justus, den Mann weiter zum Reden zu animieren. Mit Erfolg.

»Ich habe schon seit etwa einer Woche den Verdacht, dass einer meiner Kollegen wertvolle Tiere stiehlt. Er geht sehr geschickt vor, vertuscht alles, aber einmal habe ich etwas beobachtet, das mir nicht mehr aus dem Kopf ging. Vor zwei Tagen wollte ich mir Gewissheit verschaffen und bin diesem Kollegen nach Dienstschluss nachgegangen.«

»Können Sie uns seinen Namen nennen?«, bat Bob.

Zach Canning sah einen Moment irritiert aus, nickte dann jedoch. »Er heißt Caden Devlin. Ich habe ihn bis zu der Ruine verfolgt, und dann hinein, nach unten, durchs Fenster in den Innenhof und in die Tiefgarage ... Seid ihr dort gewesen?«

»Waren wir«, bestätigte Bob knapp.

»Von dort geht es weiter in eine kleine Bucht. Aber da habe ich seine Spur verloren.«

Das kam den drei ??? sehr bekannt vor.

»Gestern bin ich dann alleine zur Ruine gefahren, um nach Hinweisen zu suchen«, fuhr Zach Canning fort. »Ich vermute, dass Devlin die gestohlenen Tiere in der alten Grotte unter dem Sanatorium zwischenlagert. Es muss einen Zugang geben, wenn ich auch keine Ahnung habe, wo. Allerdings bin ich auch gestern wieder nicht weitergekommen.«

»Sie haben dasselbe getan wie wir«, sagte Peter verblüfft.

»Nur dass wir den Mann verfolgten, der zuvor den echten Verbrecher verfolgt hatte. Verrückt!«

»Wir glauben Ihnen, Sir«, versicherte Justus. »Denn Ihre Geschichte passt genau zu dem, was wir erlebt, aber noch nicht erzählt haben. Vermutlich haben wir auch Ihren Kollegen gesehen, diesen Caden Devlin. Ein eher kleiner Mann mit braunen Haaren?«

»Ich habe ein Foto von ihm«, ergänzte Bob. Er holte sein Handy heraus und tippte sich in die Bilderanzeige. »Nicht besonders deutlich, aber …« Er hielt dem Mann das Display hin.

»Das ist er, ja. Caden Devlin, ich erkenne ihn. Habt ihr noch mehr Bilder geschossen?«

Der dritte Detektiv verneinte.

»Was habt ihr beobachtet?«

»Dasselbe wie Sie. Er ist in der Bucht verschwunden.«

»Also doch! In der alten Grotte gab es einen natürlichen Felsensee mit unterirdischem Zugang zum Meer, der durch ein Gitter abgesichert war. Die Chefärztin hat dort Delfinschwimmen für ihre Patienten angeboten.«

»Das wissen wir bereits, Sir«, sagte Justus.

»Ach? Ihr seid wohl ziemlich schlau, was?«

»Nicht so schlau, wie wir denken«, meinte Peter. »Sie haben gestern bemerkt, dass ich Sie verfolge.«

Canning zeigte ein schiefes Grinsen. »Ich hatte das Gefühl, dass mir seit der Insel ein Auto folgt. Also habe ich an diesem Parkplatz angehalten und so getan, als ob ich –«

»Die Pinkelpause!«, entfuhr es Peter. »Das war nur ein Test, ob ich ebenfalls rausfahre!«

»Ganz genau. Und es hat mir bestätigt, dass du mich verfolgst. Wobei du sehr geschickt vorgegangen bist mit dieser Hinweistafel, das muss ich dir lassen.«

Justus sah irgendwie zufrieden aus. »Wir haben uns also gegenseitig getestet, weil wir misstrauisch waren.«

»Und dabei stehen wir offensichtlich auf derselben Seite«, sagte Canning.

»Was wir jedoch nicht ahnen konnten, ehe wir die Missverständnisse beseitigt haben«, erklärte Justus.

»Ab wann hast du mich beobachtet, Peter? Schon bevor ich losgefahren bin?« Der Zweite Detektiv wollte etwas sagen, doch der Delfintrainer streckte die Hand aus. »Nein, warte! Hast du auch gesehen, wie die beiden Männer von der Küstenwache gekommen sind? Und dass ich mich vor ihnen versteckt habe?«

Nun wurde es interessant. Canning sprach dieses heikle Thema freiwillig an?

»Ich sag dir, warum. Ich kam mir vor wie ein Einbrecher. Ich hatte in der Ruine nichts zu suchen. Und ich habe immer noch diesen Reflex, dass mir Ordnungskräfte oder Polizisten eher Angst machen. In meiner Jugend war ich nicht gerade der sanfte, brave Typ, wisst ihr? Es gab da einige Schlägereien und in einer Kneipe habe ich als Rausschmeißer gearbeitet, bis ich mit Drogen in Berührung gekommen bin. Ich bin nicht stolz drauf, aber heute bin ich ein anderer Mensch. Vielleicht wollte ich Devlin gerade deshalb überführen, damit ich mir das selbst beweise!«

Die Ehrlichkeit imponierte den drei ???. »Jeder macht Fehler«, sagte Justus. »Es ist gut, dass wir das alles geklärt haben und nun offen miteinander reden können. Es gibt da etwas, das Sie über uns wissen sollten.«

»Ich höre.«

»Wir sind Detektive.« Der Erste Detektiv überreichte dem Delfintrainer ihre Visitenkarte.

»Die drei ???«, las Zach Canning überrascht. »Deshalb also wisst ihr so viel. Nun, in dem Fall habe ich mich wohl ebenfalls als Detektiv versucht, wenn ich auch keine so schicke Karte vorweisen kann wie ihr.«

»Sie haben den See in der eingestürzten Grotte erwähnt«, kam Bob wieder auf den Fall zurück. »Und dass Devlin die Tiere dort vielleicht zwischenlagert. Was wissen Sie darüber?«

»Der Höhlensee bot ideale Lebensbedingungen für viele Meerestiere und tut es vermutlich auch heute noch. Es heißt aber, die Grotte wäre eingestürzt und von keiner Seite mehr zugänglich.«

»Gehen wir trotzdem mal davon aus, dass Ihr Verdacht stimmt. Dann stiehlt Caden Devlin hier im Ozeaneum teure Tiere, lagert sie in der Grotte und verkauft sie irgendwann weiter«, fasste Bob zusammen. »Eine verrückte Geschichte. Aber müssten solche Diebstähle nicht auffallen?«

»Er ist sehr clever. Natürlich kann er nicht viele Tiere auf einmal entwenden. Wie er genau vorgeht, weiß ich nicht.« Canning hob die Schultern. »Ich habe eben doch keinen detektivischen Spürsinn.«

»Aber wir schon!«, sagte Justus. »Und getreu unserem Motto übernehmen wir diesen Fall!«

Unkonventionelle Wege

»Obwohl wir mit ziemlicher Wahrscheinlichkeit den Täter bereits kennen«, fuhr Justus fort, »steht noch einiges aus. Wir müssen es ihm nachweisen. Also zunächst herausfinden, wie er vorgeht, und ihn dann am besten auf frischer Tat ertappen. Außerdem gibt es weitere Ungereimtheiten zu klären.«

»Der große Lärm gestern«, sagte Bob. »Mr Canning, haben Sie das auch mitbekommen? Als ich mich in der Ruine versteckt habe, gab es einen Riesenkrach, es klang, als ob ein weiterer Teil der Grotte einstürzte. Was war das?«

»Ich habe keine Ahnung«, antwortete Canning. »Tut mir leid, Bob, ich habe nichts dergleichen bemerkt.«

»Und«, ergänzte Peter, »ist tatsächlich die Küstenwache an dem Fall dran? Oder was hatte sie sonst dort zu suchen?«

Canning hob die Schultern. »Vielleicht haben die Jungs ja auch nur eine Pinkelpause gemacht. Oder einen Spaziergang. Sind sie denn in Richtung Ruine gegangen? Hast du das gesehen, Peter?«

»Richtung Naturschutzgebiet«, sagte der Zweite Detektiv. »Mehr weiß ich auch nicht.«

»Zuvorderst brauchen wir mehr Informationen über Caden Devlin«, sagte Justus. »Wie kann er Tiere aus dem hiesigen Bestand entwenden, ohne dass es auffällt? Was genau haben Sie denn diesbezüglich beobachtet, Mr Canning?«

»Das ist gar nicht so leicht zu beantworten, Jungs. Eine Menge Kleinigkeiten. Richtig verdächtig ist er mir geworden, als ich gesehen habe, wie er relativ spät abends mit einer Transportbox das Ozeaneum verlassen hat. Dummerweise habe ich ihn da nicht angesprochen und das Ganze wieder vergessen, aber etwa eine Woche später kam es wieder vor. Gerade als das Ozeaneum eine große Lieferung teurer Korallen gekauft hatte – etliche Schaubecken wurden neu bestückt, mit wunderschönen, bunten Exemplaren.« Er winkte ab. »Jedenfalls habe ich ihn da verfolgt, bis zur Ruine. Den Rest kennt ihr – ich habe seine Spur verloren, beim nächsten Mal seid ihr dann auf mich aufmerksam geworden.«

»Was genau ist sein Job hier?«, fragte Bob.

»Er ist Pfleger für wertvolle Arten«, erklärte Canning. »Das heißt, er beobachtet die Bestände, macht Vorschläge für Neuerwerbungen, behält die Nachzucht im Auge, sorgt in exotischen Fällen für das entsprechende Futter, führt dazu die Buchhaltung ... solche Dinge.«

»Also ist es ihm auch möglich, Unterlagen zu fälschen«, stellte Bob fest. »Er wäre der Erste, dem es auffällt, sobald ein wertvolles Tier fehlt. Sehr praktisch, wenn er es höchstpersönlich gestohlen hat!«

»Aber er wird nicht der Einzige sein, der seltene Arten betreut«, vermutete Justus. »Richtig?«

Der Delfinpfleger nickte. »Natürlich nicht. Das Ozeaneum ist viel zu groß, und außerdem kann sich niemand auf alle Tierarten spezialisieren. Es ist wichtig, das Verhalten der einzelnen Spezies zu kennen. Es gibt solche und solche Fische, mit völlig unterschiedlichen Ansprüchen. Devlin hat einen engen Mitarbeiter, der mit ihm das Büro teilt, Adrian Gish. Und es gibt noch einige andere Leute, die ähnliche Aufgaben erfüllen. Außerdem wird die Buchhaltung zweifellos überprüft.«

»Dennoch sitzt er, das lässt sich nicht leugnen, unmittelbar an der Quelle«, sagte Justus.
»Jedenfalls müssen wir Beweise sichern«, sagte Bob. »Können Sie uns Zugang zu Mr Devlins Büro verschaffen?«
»Nein, ich habe keinen Schlüssel«, stellte Zach Canning klar.
»Aber Sie wissen, wo das Büro liegt?«, fragte Peter.
»Natürlich.«
»Und Sie könnten mit uns heute bis in den späten Abend im Gebäude bleiben? Also bis alle anderen gegangen sind?«
»Das sollte das geringste Problem sein. Ich kann jederzeit Überstunden machen. Völlig leer wird es hier allerdings nie. Nachts, wenn es keine Besucher gibt, werden die Gänge geputzt, die Aquarien gepflegt, finden Überprüfungen der Wasserwerte statt ...«
»Hauptsache, es herrscht nicht viel Betrieb«, meinte der Zweite Detektiv. »Ich brauche sicher nicht lange, um die Tür zu Mr Devlins Büro zu öffnen.« Er zweifelte nicht daran, dass es ihm mit seinem Dietrichset gelingen würde, das Türschloss zu knacken. Aller Wahrscheinlichkeit nach handelte es sich nicht gerade um ein Hochsicherheitsschloss. Weitaus schwieriger wäre es gewesen, von außen ins Ozeaneum zu kommen. Wie gut, dass sie unverhofft einen Verbündeten im Haus gefunden hatten.
»Ihr wollt ...« Canning stockte. »Also, ich meine, ihr wollt in das Büro einbrechen?«
»Wir folgen einer Spur!«, sagte Justus. »Wir werden weder etwas stehlen noch beschädigen.«
»Wenn das die Vorgehensweise von Detektiven ist, begreife ich auch, warum ich nicht weitergekommen bin. So was hab

ich mich noch nicht getraut. Außerdem habe ich mit der Show verflixt viel zu tun. Ist wohl gut so, dass ihr jetzt hier seid. Ich könnte wirklich Unterstützung bei dieser Sache gebrauchen.«

Justus nickte. »Wir haben gelernt, dass man oftmals unkonventionelle Wege wählen muss.«

»Trotzdem solltet ihr euch nicht erwischen lassen. Devlin und sein Büro-Kollege arbeiten heute, sie sind mindestens bis zur Schließung im Haus. Was hofft ihr eigentlich in Devlins Büro zu finden?«

»Das kann ich konkret nicht sagen«, antwortete Justus. »Das wird sich zeigen. Aber wenn Ihr Kollege schuldig ist, muss es Spuren seiner Diebstähle geben. Die er versucht zu verwischen. Gefälschte Unterlagen. Manipulierte Buchführung. Anhand dessen können wir seine Taten dann beweisen.«

»Es gibt für die Computer im Haus ein allgemeines Passwort«, erklärte Canning. »Das gebe ich euch. Allerdings steht es natürlich jedem frei, sein Gerät extra abzusichern.«

Justus bedankte sich. »Das wird uns helfen, wenn wir sein Büro durchsuchen. Außerdem werden wir Mr Devlin verfolgen und ihm eine Falle stellen. Die wir uns zugegebenermaßen noch ausdenken müssen. Gibt es einen Ort, an dem wir uns zu dritt ungestört unterhalten können?«

»Ihr könnt hier in meinem Büro bleiben. Ich muss sowieso zu den Delfinen – ganz nebenbei habe ich ja einen Job zu erledigen. Wenn euch jemand bemerkt und sich wundert, bin ich jederzeit über mein Handy zu erreichen.«

Er gab ihnen die Nummer, und sie verabredeten, sich in etwa einer Stunde wieder zu treffen, kurz nach der offiziellen Schließung des Ozeaneums.

Die drei ??? nutzten also Zach Cannings Arbeitszimmer als Ausweichzentrale und besprachen ihr weiteres Vorgehen. Die Untersuchung von Devlins Büro war beschlossene Sache. Anschließend würden sie allerdings noch eine Falle brauchen, die sie dem mutmaßlichen Verbrecher stellen konnten. Im Ozeaneum würden sie ihn nur schwer auf frischer Tat ertappen können. In der Grotte unter dem Sanatorium – wenn sie denn ein Tatort war – sah das anders aus. Sie mussten Canning fragen, ob Devlin am folgenden Tag arbeitete. Wenn ja, würden sie genauer nach dem vermuteten Zugang zur Grotte suchen. Je nachdem, wie es vor Ort aussah und welche Verstecke sich boten, wollten sie sich auf die Lauer legen, um Beweisfotos zu machen.

Zach Canning hatte sein Büro im Delfinarium und damit recht weit von dem Gang entfernt, in dem Caden Devlin und Adrian Gish arbeiteten. Der Delfinpfleger führte die drei ??? nach der offiziellen Schließung durch mehrere schmale Korridore und über schmucklose Treppen dorthin. Ganz in der Nähe ihres Ziels lag ein kleiner Aufenthaltsraum mit zwei Tischen, einigen Stühlen und einem Snackautomaten. Von dort bot sich durch eine Fensterfront ein atemberaubender Blick auf die Oberseite des riesigen zentralen Beckens des Ozeaneums.
Zach Canning verabschiedete sich, würde jedoch im Haus bleiben, um via Handy jederzeit bestätigen zu können, dass sich die Jungen auf seine Einladung hin noch im Gebäude aufhielten.
Die drei ??? zogen sich Chips und Cookies aus dem Automa-

ten und stürzten sich mit Heißhunger darauf. Sie hatten seit einer Ewigkeit nichts mehr gegessen. Dann setzten sie sich so, dass sie Devlins Bürotür im Auge behalten konnten. Darunter schien Licht hervor – offenbar arbeitete er noch. Aber sie mussten nicht allzu lange warten, bis sich die Bürotür öffnete. Jedoch kam nicht der Verdächtige selbst heraus, sondern ein grauhaariger Mann mit einem ebenso grauen Shirt. Das musste Adrian Gish sein, Devlins Kollege.

Gish kam in den Aufenthaltsraum, blieb vor dem Automaten stehen, warf ein paar Münzen ein und zog sich einen Schokoriegel. Er packte ihn aus, schnippte das Papier in den Mülleimer ... und stutzte, als er die drei ??? sah. »Wie seid ihr denn hierhergekommen? Das ist kein offizieller Bereich. Außerdem ist bereits geschlossen.« Er biss ab und ergänzte kauend: »Oder macht ihr ein Praktikum? In dem Fall ...« Was für den Fall galt, nuschelte er mit so vollem Mund, dass man es nicht verstand.

»Wir sind Freunde von Zach Canning«, erklärte Justus. »Er holt uns später hier ab.«

»Oh, dann ist es ja gut. Schönen Abend noch.« Der Mann winkte beiläufig und ging den Gang hinunter Richtung Treppenhaus.

Sie mussten sich noch etwa zehn Minuten gedulden, bis auch Devlin aus dem Büro kam und die Tür verschloss. Er eilte vorbei, ohne auf sie zu reagieren. Wie geplant, blieb Bob ihm unauffällig auf den Fersen. Der mutmaßliche Tierdieb nahm einen Hinterausgang und verließ das Ozeaneum. Bob wartete kurz, doch Devlin kam nicht zurück, also schickte der dritte Detektiv eine Nachricht auf Peters Handy: *Die Luft ist rein.*

Während Justus den Gang im Auge behielt und Peter sofort warnen würde, falls jemand auftauchte, trat der Zweite Detektiv in Aktion. Vor der Bürotür zog er sein Dietrichset raus und ging an die Arbeit.

Es kostete drei Versuche und ein wenig Fingerspitzengefühl, bis die Tür mit einem verheißungsvollen Klacken aufsprang. Peter öffnete und winkte Justus.

Der Erste Detektiv huschte ins Zimmer und schloss die Tür hinter sich. Seine beiden Freunde blieben auf Beobachtungsposten und würden ihn mit einer Nachricht warnen, wenn Gefahr drohte.

Meeresgetierdiebstahl-möglichkeiten

Das Büro hatte nur ein kleines Fenster, vor das ein blauer Vorhang gezogen war. Justus schaltete eine kleine Lampe auf dem Schreibtisch an, an dem sich Devlin und sein Kollege bei der Arbeit offenbar gegenübersaßen. Sie nutzten zwei Computer, neben denen sich Unterlagen stapelten. Welcher Arbeitsplatz gehörte ihrem Verdächtigen? Der Erste Detektiv stellte sich hinter einen der Stühle und schaute sich um. Im Mülleimer auf dieser Seite lagen mehrere Schokoriegelverpackungen.

Justus ging auf die andere Tischseite und fuhr den Computer hoch. Es war nicht gerade das neueste Modell und es dauerte einige Zeit, bis der Startbildschirm erschien. Die nutzte Justus, um sich den Stapel mit Unterlagen anzuschauen, die recht ungeordnet aufeinanderlagen. In der Hauptsache Werbepost, ein Angebot für eine größere Lieferung an Fischfutter. An der obersten Schreibtischschublade hing ein Klebezettel, auf dem in ordentlicher Handschrift *AR anrufen* stand. Nichts davon schien irgendwie interessant, wobei sich der Erste Detektiv die Initialen AR merkte – man konnte nie wissen.

Auf dem Bildschirm poppte nun die Bitte auf, das Passwort einzugeben. Dank Zach Canning kannte Justus das allgemeine Passwort des Ozeaneums ja – und hatte damit tatsächlich Erfolg. Devlin hatte seinen Computer nicht weiter gesichert, was einerseits gut, andererseits schlecht war.

Gut, weil sich der Erste Detektiv sonst nicht auf der Festplatte hätte umsehen können.

Schlecht, weil es die Wahrscheinlichkeit verringerte, dass er auf irgendwelche Beweise stieß, die Devlin bestimmt besser verborgen hätte.
Auf dem Desktop lagen nur wenige Dateien. Eine war in Großbuchstaben mit »NEUERWERBUNGEN« beschriftet. Justus klickte sie an. Eine Liste mit Meerestieren und Datumsangaben erschien. Dass das Ozeaneum vor einer Woche insgesamt acht Golden-Monkey-Flowerhorn-Exemplare für die stattliche Summe von 9000 Dollar erworben hatte, fiel ihm auf, weil sie auf eben einen solchen Fisch gestoßen waren. Aber das bewies natürlich nichts, solange es keinen Widerspruch zu anderen Unterlagen gab.
Was, wenn es eigentlich neun Tiere gewesen waren?
Die Liste der Neuerwerbungen umfasste drei Seiten und reichte insgesamt nur einen Monat zurück. Damit sie später darauf zugreifen konnten, fotografierte der Erste Detektiv die Seiten einzeln vom Bildschirm ab.
Ein Ordner in der linken oberen Ecke trug den Titel »Erledigte Fälle«. Darin befanden sich vier Dateien. Eine erregte sofort Justus' Aufmerksamkeit, sie lautete: »Tot«. Der Erste Detektiv öffnete dieses Dokument und fand eine Liste mit verstorbenen Tieren. Der neueste Eintrag elektrisierte ihn. Er trug das Datum von vorgestern: »Golden Monkey Flowerhorn 1«.
Das passte wie die Faust aufs Auge und Justus sah sofort vor sich, was sich abgespielt hatte. Vor einer Woche hatte Devlin für das Ozeaneum acht solcher Fische gekauft, vor zwei Tagen war einer davon angeblich gestorben, in Wirklichkeit aber gestohlen worden.
Die Liste der verendeten Tiere war nur eine halbe Seite lang.

Justus schoss erneut ein Foto. Vielleicht ergaben sich bei genauerem Studium weitere Auffälligkeiten.
Der Erste Detektiv hatte nicht damit gerechnet, derart rasch fündig zu werden – wenngleich das natürlich noch nicht als stichhaltiger Beweis durchging. Er tastete nach dem Handy in seiner Hosentasche, dachte, dass es vibrierte, weil seine Freunde ihm eine Warnung zukommen ließen, aber da hatte er sich wohl getäuscht.
Justus klickte sich noch durch einige andere Ordner, fand aber nichts Verdächtiges. Deshalb öffnete er die einzige Schublade am Schreibtisch. Darin lag lediglich eine dünne Mappe. Die Aufschrift *Erledigte Fälle* kam ihm bekannt vor. Er nahm sie heraus und schlug sie auf. Nur eine Seite lag darin. Sie dokumentierte den Tod des Golden Monkey Flowerhorn in einer einzigen Textzeile und war sowohl von Caden Devlin als auch von Adrian Gish unterschrieben.
Hieß das, dass Gish in die Tierdiebstähle involviert war? Oder hatte er es lediglich leichtfertig bestätigt, weil so etwas eben häufig vorkam und man es nicht so genau nahm mit der Überprüfung?
Justus' Kamera trat erneut in Aktion.
Im selben Moment vibrierte das Handy ganz deutlich. Die Nachricht stammte von Peter und lautete: *Raus!*
Ohne zu zögern, fuhr Justus den Computer herunter. Er eilte zur Tür, wollte sie öffnen … Aber dann stockte er. Er hörte Stimmen, direkt vor der Tür. Erst die von Peter, dann etwas entfernt die eines fremden Mannes.
Justus konnte nicht mehr weg!

Raus!, tippte Peter und schickte die Nachricht an Justus. Verflixt, das wurde knapp! Er hatte am Ende des Ganges um die Ecke gespäht und einen Wachmann gesehen, der auf seiner Runde vorbeikam.

Peter sah über die Schulter zurück. Was machte Justus so lange? Es blieben nur noch Sekunden, bis der Wachmann es sehen würde, wenn der Erste Detektiv aus dem Büro kam. Peter ging zurück. Er hörte Schritte in dem Zimmer. Justus kam zur Tür – aber der Wachmann war jetzt direkt an der Ecke. Das konnte nicht gut gehen.

»Ha-hallo, Sir«, rief Peter und ärgerte sich über sein Stottern.

»'n Abend, Junge«, sagte der Mann und kam mit weiten Schritten auf den Zweiten Detektiv zu. Er war sicher zwei Meter groß und hatte die Muskeln eines Bodybuilder-Champions. »Was treibst du denn hier um diese Zeit?«

Oh bitte, Justus, merk, dass wir hier vor der Tür stehen, und bleib drin!, betete Peter innerlich und sagte dann: »Ich warte auf Zach Canning. Er ist ein Freund von mir.«

»Zach? Was erzählst du da? Der ist um diese Zeit normalerweise nicht mehr hier. Außerdem liegt sein Büro ganz woanders.« Der Wachmann klang misstrauisch. Nicht ganz zu Unrecht ...

»Er will mich hier abholen.«

»Warum das?«

»Keine Ahnung.« *Mensch, Peter, reiß dich zusammen!* »Ich habe mir hier einen Schokoriegel geholt, und Zach ist in sein Büro gegangen, um noch etwas zu erledigen.«

Die Hand des Wachmanns legte sich auf seinen Schlagstock. Offenbar wuchs sein Misstrauen eher, als dass der Zweite Detektiv es abbauen konnte. »Dann ruf ihn doch einfach an. Er wird deine Geschichte garantiert bestätigen, nicht wahr?«

»Klar«, beeilte sich Peter zu sagen. Er zog sein Handy und tippte Zach Cannings Nummer an. »Besetzt.«

»Ach, was für ein Zufall«, meinte der Wachmann. »Soll ich dir sagen, was ich glaube? Du bindest mir einen Bären auf! Geh doch mal zur Seite.«

Peters Füße schienen vor Caden Devlins Bürotür festzukleben. »Wieso?«

»Geh zur Seite! Du willst mich ablenken – und zwar von dieser Bürotür!« Er warf einen Blick auf das Namensschild. »Caden und Adrian ... Hm ...«

»Aber nein, ich –« Peter verstummte, als der andere ihn an der Schulter packte und zur Seite schob.

Der Wachmann nahm einen Schlüssel zur Hand – wahrscheinlich ein Universalschlüssel für alle Büros – und schloss auf. Peter rutschte das Herz in die Hose. Justus würde erwischt werden und ...

Der Wachmann sah in den Raum und knipste das Licht an. »Nichts«, murmelte er. Er klang fast ein wenig enttäuscht. »Trotzdem wirst du mir erklären müssen, was du hier verloren hast!«

Peter war unendlich erleichtert, dass Justus offenbar Lunte gerochen und sich versteckt hatte. Doch das konnte nicht lange gut gehen. Wenn der Wachmann sich genauer im Zimmer umsah, würde er den Ersten Detektiv entdecken. Peter suchte verzweifelt nach einer guten Erklärung – und wollte seinen Augen kaum trauen. Bob kam um die Ecke spaziert, und mit ihm Zach Canning! »Aber das habe ich doch schon gesagt«,

meinte er daraufhin lässig. »Ich warte auf Mr Canning. Und hier ist er ja auch schon!«
Der Wachmann drehte sich um. »Oh.«
»Ist was, Dan?«, fragte Canning.
»Ich hab den Burschen hier herumlungern sehen und dachte …« Der Wachmann winkte ab. »Ach, nichts für ungut, ja?«
»Alles klar«, versicherte Peter. »Sie haben ja nur Ihren Job gemacht. Ich hätte mich auch verdächtigt.« Er lachte.
Der Wachmann zog die Tür zu. Es klackte. »Eben. Na, ich mach dann mal weiter.« Er entfernte sich.
Peter ließ sich auf einen der Stühle beim Automaten fallen. »Das war knapp«, murmelte er.
»Justus hat euch gehört und mir geschrieben«, erklärte Bob. »Ich habe dann sofort bei Mr Canning angerufen und wir haben uns auf den Weg gemacht.«
Deshalb also war besetzt gewesen.
Bob klopfte rasch an die Tür des Büros und rief: »Die Luft ist rein.«
Nur Sekunden später strahlte Justus seine Freunde an. »Verschwinden wir von hier! Ich bin fündig geworden.«

Eine knifflige Falle

»Was glaubt ihr?«, fragte Peter. Sie saßen zu dritt in seinem Wagen, nachdem sie am folgenden Tag die Schule hinter sich gebracht hatten. Die Fahrt ging Richtung Long Beach, das Ziel war die Ruine des Sanatoriums, genauer gesagt die Bucht dahinter, wo sie hofften, den Zugang zur Grotte zu finden. »Die abfotografierten Listen legen nahe, dass er diesen Affenfisch gewisser…«

»Den Golden Monkey Flowerhorn«, verbesserte Justus.

Peter grinste. »… dass er ihn gewissermaßen ›aus dem System genommen‹ hat. Ob er das häufiger tut? Stiehlt er auf diese Weise schon seit Jahren seltene Tiere?«

»Möglich«, meinte der Erste Detektiv. »Zwar sicher keine Riesentiere wie Delfine. Das würde sofort auffallen, ganz zu schweigen davon, dass er sie kaum aus dem Gebäude schmuggeln könnte. Aber unter den kleinen Fischen gibt es ja genug wertvolle Arten. Und grottenseewassertaugliche. Er muss sie ja offenbar dort unten zwischenlagern, also müssen die Lebensbedingungen im See passen.«

»Was für viele Meerestiere zutrifft«, sagte Bob. »Ich habe gestern Nacht noch recherchiert. Konnte sowieso nicht schlafen. In einem alten Interview mit dieser Mrs Roskin, der Besitzerin des Sanatoriums, ist die Grotte genau beschrieben. Sie hat da einem Tierschützer gegenüber Rechenschaft abgelegt. Der See hat eine unterirdische Verbindung zum Meer. Es fließt also ständig frisches Salzwasser hinein. Zumindest eine Zeit lang können dort, wenn für entsprechendes Licht gesorgt ist, Tintenfische überleben, auch Quallen und zahllose Fischarten. Weitaus mehr also, als Devlin zum Beispiel in ein Aquarium in seinem Wohnzimmer packen könnte.«

»Gut zu wissen«, lobte Justus. »Caden Devlin hat ja die beste Auswahl, solange er Wege findet, die Buchführung entsprechend zu manipulieren. Ich bin so rasch auf einen Betrug gestoßen – das war garantiert kein Einzelfall.«

Endlich erreichten sie die Brücke zur vorgelagerten Insel, passierten sie und stellten das Auto ab. Auf dem Weg zur Ruine trugen die drei ??? Rucksäcke, in denen sie Teile ihrer Detektivausrüstung mitschleppten, um für alles gewappnet zu sein.

»Sieht alles noch genauso aus wie beim letzten Mal«, meinte Bob, als sie sich durch den Durchschlupf im Zaun quetschten und auf das zerstörte Gebäude zugingen. »Keine neuen Einstürze.«

»Wir werden auch herausfinden, was du gehört hast«, gab sich Justus zuversichtlich.

Sie stiegen durch die glaslose Fensteröffnung. In der Empfangshalle ging es die Wendeltreppe nach unten, durch das Fenster dort in den Innenhof, hinunter in die Parkgarage und wieder hinauf zur Aussichtsstelle über dem Meer. Von dort kletterten sie in die Bucht.

Diesmal war diese größer. Einige Felsen, die am Vortag von Wasser umspült worden waren, lagen nun frei. Anscheinend war gestern Flut gewesen und nun war Ebbe.

So kraxelten sie an den Klippen entlang und hielten die Augen offen, ob sie einen versteckten Weg aus der Bucht oder in den Fels hinein fanden. Vom Meer her wehte weniger Wind als bei ihrem letzten Besuch, sodass sie sich sicherer bewegen konn-

ten. Aber wieder fanden sie keinen Eingang in einen Tunnel oder eine Höhle.
Als sich Justus frustriert auf einen höheren Felsbrocken setzte und aufs Meer schaute, wurde er allerdings auf etwas völlig anderes aufmerksam. Er sah sich um. Bob war am anderen Ende der Bucht und kletterte gerade hinter einige größere Felsen, aber Peter war nahe genug, dass er ihn hören konnte. Darum streckte Justus den Arm aus und rief: »Peter, sieh dir das an. Ein Kutter!«
»So würde ich das Schiffchen nicht gerade nennen«, meinte Peter. »Ist eher eine kleine Jacht.«
»Da irrst du dich, Zweiter. Es *ist* ein Kutter. So nennt man die Einheiten der Küstenwache üblicherweise, auch wenn es sich um ganz andere Schiffstypen handelt.«
Tatsächlich entdeckte nun auch Peter das große Logo der Küstenwache an der Spitze des Boots. Es fuhr an der Insel vorbei Richtung Festland.
»Dank dieser neuerlichen Patrouille«, sagte Justus, »steigt die Wahrscheinlichkeit, dass das Auftauchen der beiden Uniformierten gestern kein Zufall gewesen ist.«
»Was glaubst du, was dahintersteckt?«
»Wenn ich das nur wüsste.«
Bob eilte auf sie zu – so schnell es auf dem Geröll eben ging. »Ich hab's gefunden!«, rief er aufgeregt.
Justus sprang auf. »Du hast einen Eingang entdeckt?«
»Genau das! Und ich weiß auch, warum wir ihn das letzte Mal übersehen haben. Kommt mit!«
Er führte sie einmal quer durch die kleine Bucht. Am anderen Ende lagen einige mannshohe Felsbrocken und Bob quetschte

sich hindurch, um dahinter zu kommen. Dabei watete er durch knöcheltiefes Wasser. »Beim letzten Mal«, sagte der dritte Detektiv, »stand das Wasser noch höher! Wir wären nur hierhergekommen, wenn wir erstens von diesem versteckten Eck gewusst hätten und zweitens durch mindestens knietiefes Wasser gewatet wären. So wie er liegt, wird der Eingang bei Flut nicht völlig überspült, aber man wird schon ordentlich nass!«
Der Zugang war sehr eng. Bob drückte sich weiter und erreichte den Beginn eines Tunnels. Die Sicht verlor sich nach wenigen Metern in der Dunkelheit.
Als Peter ihm folgen wollte, rutschte er von einem nassen Felsen ab und landete mit dem kompletten linken Bein im Wasser. Schleimig grüne Fadenalgen trieben darin. Der Zweite Detektiv fluchte vor sich hin, während er das Bein zurückzog. Das Wasser schmatzte in seinen Schuhen. Auch die anderen bekamen nasse Socken.
Alle trugen Bleistifttaschenlampen in den Hosentaschen. Bob zog seine hervor und leuchtete in die Höhle. Das Licht traf auf eine Felswand, dort knickte der Gang in einer Kurve zur Seite ab.
Sie mussten vorsichtig sein. Auch wenn Devlin mit großer Wahrscheinlichkeit nicht in der Grotte war – laut Canning hatte er heute Nachmittag Dienst –, bestand durchaus die Gefahr, auf Adrian Gish zu treffen, der möglicherweise Devlins Komplize war, denn Gish hatte nur am Vormittag gearbeitet.
Bob betrat als Erster den Tunnel und leuchtete bei jedem Schritt vor sich, während seine Freunde ihre Lampen ausgeschaltet hielten. Kurz vor der Kurve löschte er das Licht und blieb stehen. Gemeinsam lauschten sie in die Dunkelheit.

Nichts.
Bob schaltete die Taschenlampe wieder an. Der Boden war uneben, die Wände kantig. Der dritte Detektiv leuchtete in jede Ecke und Nische. Eine fette Spinne huschte davon, als der Lichtstrahl sie traf. Nach ungefähr fünfzehn Metern wurde die Decke niedriger. Sie zogen die Köpfe ein. Wenige Schritte danach verengte sich der Weg so stark, dass sie die Rucksäcke ausziehen und sich seitlich durchquetschen mussten.
»Das ist ... nicht mehr lustig«, ächzte Justus, als ihm zu allem Überfluss auch noch von der Decke ein paar Tropfen eiskaltes Wasser in den Nacken platschten.
Völlig unvermittelt weitete sich der Tunnel dann plötzlich zu einem schummrig erhellten Höhlenraum. Von der Decke fiel ein wenig Tageslicht durch zwei nur wenige Zentimeter breite Felsspalten. In ihnen wuchs Moos, und einige gut einen Meter lange, aber hauchdünne Wurzeln baumelten herab.
»Wir sind in der Grotte«, sagte Peter.
»Die genau genommen eine Höhle ist«, verbesserte Justus.
»Ist das nicht dasselbe?«
»Im Prinzip sind die Begriffe ›Höhle‹ und ›Grotte‹ gleichbedeutend. ›Grotte‹ verwendet man aber insbesondere für sehr kleine Höhlenräume oder solche, die von Menschenhand gestaltet wurden. Das ist ...«
»... doch jetzt vollkommen egal«, fand Bob. »Schaut euch um! Wir haben's geschafft!« Bei diesen Worten ging er weiter. Die Atmosphäre begeisterte ihn.
Je länger sie sich hier drinnen aufhielten, umso besser gewöhnten sich ihre Augen an das Zwielicht. Die Decke lag etwa acht bis zehn Meter über ihnen. Die Grundfläche der Grotte durch-

maß vielleicht zwanzig, höchstens dreißig Schritte, die Wände waren zerklüftet und voller Nischen und Einkerbungen. An einigen Stellen häuften sich Geröll und Steine. Der See lag ungefähr in der Mitte in einer wie eine kreisrunde Schüssel geformten Felsmulde und war viel kleiner als erwartet. Er hatte einen Radius von weniger als fünf Metern.

Bob ging zum See und entdeckte zwei, nein, drei Fische, die rasch davonschwammen und tiefer tauchten, als der Strahl der Taschenlampe auf das Wasser fiel. Auf die Schnelle konnte Bob nicht genau erkennen, um was für Fische es sich handelte, aber er hielt es für möglich, dass ein Golden Monkey Flowerhorn dabei gewesen war.

Das Wasser war leicht getrübt, sodass sich die Tiefe nicht genau schätzen ließ. Als natürlicher Ab- und Zulauf diente offenbar eine halbrunde Öffnung im Fels dicht über der Wasseroberfläche. Wahrscheinlich gurgelte bei Flut frisches Wasser hindurch und zog sich bei Ebbe wieder zurück. Ein engmaschiges Drahtnetz verhinderte, dass mehr als Wasser hindurchgelangte.

»Genau wie erwartet«, sagte Bob stolz. »Devlins geheimes Zwischenlager!«

»Überhaupt nicht wie erwartet«, widersprach Peter. »Wie kann in dieser besseren Pfütze das Delfinschwimmen stattgefunden haben? Ganz zu schweigen von den anderen Tier-Therapien!«

»Das war ganz sicher nicht alles«, meinte Justus. »Vergiss nicht, dass die Grotte eingestürzt ist – vielleicht dort drüben.« Er deutete in den Teil, wo sich bis zur Decke Berge von Steinen aufeinanderschichteten. »Hinter diesem Einsturz muss es wei-

tergegangen sein. Wahrscheinlich lag dort auch der eigentliche Grottensee. Hier könnte man natürlich keinen Delfin …«
»*Höhlen*see«, verbesserte Peter grinsend.
»Justus hat recht«, meinte Bob. »Was wir jetzt sehen, kann unmöglich der ausgebaute Bereich für die Patienten gewesen sein – der ist eingestürzt und unzugänglich. Aber dieser See ist für Devlin offenbar genug. Ein nahezu perfekt versteckter Ort, an dem er die entwendeten Tiere zwischenlagert.«
»Also los«, drängte Peter. »Bauen wir die Falle auf!«
Sie suchten Verstecke, um aus guter Deckung heraus jeden unbemerkt beobachten zu können, der in die Grotte kam. Idealerweise so, dass sie dabei auch Foto- und Videoaufnahmen machen konnten. In ihrer Detektivausrüstung befand sich eine Nachtsichtkamera – nicht gerade das neueste Modell, aber sie würde ihren Zweck erfüllen.
Wenn die Falle stand, wollten nur Peter und Bob in der Höhle bleiben. Sollten sie trotz allem entdeckt werden, befand sich der Erste Detektiv in Sicherheit und konnte eine Befreiungsaktion starten. Die beiden sahen sich um, während Justus im Tunnel Stellung bezog, um jeden Neuankömmling sofort zu bemerken und seine Freunde zu warnen.
Am Rande des Einsturzes lagen einige größere Felsbrocken, hinter denen der Zweite Detektiv testweise in Deckung ging.
»Kein schlechter Platz«, sagte er zu Bob. »Ich glaube, hier bleibe ich. Nicht sonderlich bequem, aber –«
Justus kam in die Grotte zurückgeeilt. »Still!«, zischte er.
»Was –?«
»Licht aus, verstecken! Devlin kommt!«

Gefangen!

»Hierher«, wisperte Peter und signalisierte Justus, sich hinter dem gerade entdeckten Felsen am Rand des Einsturzes zu verstecken. Er selbst wollte sich in eine tiefe Nische links neben dem Tunneleingang drücken, die er vorhin gesehen hatte. Er eilte los, doch da sah er, wie Bob bereits in genau dieser Nische verschwand. Für sie beide blieb nicht genug Platz. Eine Sekunde lang verharrte der Zweite Detektiv wie angewurzelt. Dann huschte er zur Seite, Hauptsache weg von Bob.

Es gab kein gutes Versteck mehr.

Peter entfernte sich so weit wie möglich vom See, wo er Devlins Ziel vermutete, ging an der Grottenwand in die Hocke und senkte den Kopf.

Caden Devlin kam aus dem Tunnel, in der einen Hand eine Transportbox, wie sie die drei ??? bereits kannten, in der anderen eine Taschenlampe. Wie konnte er jetzt schon kommen? Das passte nicht zu seinen Dienstzeiten! Offenbar hatte er früher Feierabend gemacht ...

Wie erwartet, ging er Richtung See, und das in aller Gemütsruhe. Die Eindringlinge hatte er offenbar nicht bemerkt.

Peters Herz schlug bis zum Hals.

Devlin legte die Taschenlampe auf den Boden, stellte die Box ab und öffnete sie. »So, mein teurer stacheliger Bursche«, sagte er zu dem Tier darin, »das ist dein neues Zuhause.« Er kicherte, hob die Box über den Rand, beugte sich tief nach unten und kippte den Inhalt in den kleinen See. Das Platschen hallte von den Grottenwänden wider. Danach stand er auf, streckte

sich und ließ die Hände in den Hosentaschen verschwinden. Er ging er ein paar Schritte und kam näher an Peter heran. Der Zweite Detektiv wagte nicht zu atmen. Jeden Moment musste Devlin ihn sehen!
Seinen Irrtum bemerkte Peter einen Augenblick zu spät – er war längst entdeckt worden …
… denn urplötzlich sprang Devlin vor, riss die Hände aus den Hosentaschen. Es klackte – und eine Sekunde danach fühlte der Zweite Detektiv die Klinge eines aufgeklappten Taschenmessers am Hals. »Wer bist du, Junge, und warum verfolgst du mich?«
»I…ich …«
»Ich habe dich schon mal gesehen. Gestern im Ozeaneum vor meinem Büro. Jetzt erzähl mir keine Märchen! Wer – bist – du?«
»Nehmen Sie … das Messer weg.« Der Zweite Detektiv ächzte. Aber jetzt hieß es Nerven behalten. Wenn Devlin ihn am Vortag gesehen hatte, musste er auch Justus und Bob gesehen haben – aber entweder erinnerte er sich nicht mehr daran, dass Peter nicht alleine gewesen war, oder er kam nicht auf die Idee, dass seine Freunde ebenfalls hier sein könnten. Das war ihre Chance! Diesen Joker musste er ausnutzen.
»Beantworte meine Frage!«
»Ich habe gesehen, wie Sie einen Fisch gestohlen haben.«
»Lüg mich nicht an!«
»Ich lüge nicht«, log Peter.
»Du kannst es nicht beobachtet haben.« Devlin fluchte. »Wer weiß, dass du hier bist?«
»Niemand.«

»Pah. Das kam viel zu schnell. So dumm bist du nicht! Noch mal: Wer weiß es? War da nicht noch jemand bei dir, gestern vor meinem Büro?«
Peters Halsschlagader pochte so stark, dass es schmerzte. Sollte er behaupten, dass er die Polizei informiert hatte? Unsinn, warum hätte er dann selbst hierherkommen sollen?
»Ich«, rief Justus. Er erhob sich aus seinem Versteck und kam mit ausgebreiteten Armen näher. »Ich weiß es! Tun Sie meinem Freund nichts. Wir beide haben Sie vorgestern hierher verfolgt und wollten jetzt nach dem Rechten sehen. Die Höhle ist super. Was Sie hier tun, ist uns völlig egal.«
Peter begriff, was Justus vorhatte. Der Erste Detektiv lenkte alle Aufmerksamkeit auf sich, sodass Bob unbemerkt agieren konnte.
»Ihr Mistsäcke! Was soll ich jetzt mit euch machen?« Devlins Blick irrte zwischen den beiden Jungen hin und her. Der Griff, mit dem er Peter umklammerte, war nicht mehr so fest wie vorher. Kein Zweifel, der Mann war verunsichert. Seine Fingerspitzen zitterten, er bekam es nicht unter Kontrolle.
»Hören Sie, wir ...«, stieg der Zweite Detektiv in Justus' Plan ein.
»Halt die Klappe! Und du, bleib stehen! Sofort!«
Justus gehorchte.
Plötzlich donnerte es, ein Riesengetöse – Poltern und Krachen wie ...
... wie von einem Einsturz!
Es kam aus dem Tunnel, der von der Bucht hierherführte.
Peter sackte das Herz in die Hose. Sie würden verschüttet oder für immer in der Grotte eingeschlossen werden!

Devlin schnappte nach Luft, riss den Kopf nach oben. »Nicht schon wieder!«
Mit einem Schrei sprang Justus auf ihn zu, packte den Arm mit dem Messer und bog ihn zur Seite.
Peter entwand sich sofort, bückte sich aus der Reichweite ihres Gegners, kam wieder hoch und packte Devlins zweiten Arm.
Der Mann schrie auf.
Justus bog seinen Arm weiter auf den Rücken. »Messer fallen lassen!«
Das Messer klirrte zu Boden. Im nächsten Augenblick heulte Peter auf. Devlin hatte ihm gegen das Knie getreten. Nun schüttelte er auch Justus ab und hetzte los, doch Peter setzte sofort nach. Ihr Gegner wich aus, stolperte und stürzte – er schlug mit dem Kopf an die Felswand, ächzte und sackte in sich zusammen. Reglos blieb er liegen, mit einer blutenden Wunde an der Schläfe.
Der Zweite Detektiv war im nächsten Moment bei ihm und erkannte, dass Devlin nur ohnmächtig war. Sein Puls ging regelmäßig und kräftig. Peter drehte ihn auf die Seite, damit er stabil weiteratmen konnte.
Als der Zweite Detektiv seine Erste-Hilfe-Maßnahme beendet hatte, sah er zu Justus und fragte: »Was ist mit dem Lärm?«
Die Grotte schien stabil. Doch die Vorstellung, hier unten eingesperrt zu werden, raubte ihm den Atem. Da hörte er Bob lachen.
»Das war ich.«
»Du?« Peter sah seinen Freund mit großen Augen an.
»Ich konnte in den Tunnel schleichen und dort einen der größeren Felsen umkippen. Er ist gegen die Wand gedonnert und

ein Stück weitergerollt. Das hat ordentlich gehallt. Wirkt gut, oder? Ich dachte daran, wie der Einsturzlärm mir neulich solche Angst eingejagt hat, und war mir sicher, dass es Devlin genauso gehen würde.« Bob deutete auf seine Freunde. »Euch leider ja auch. Sorry. Ich konnte euch nicht warnen.«
»Eine hervorragende Idee, Kollege«, sagte Justus. »Durchaus überraschend und zugleich wirkungsvoll.«
»Es überrascht dich also, dass ich eine gute Idee hatte?«, fragte Bob.
»Das habe ich nicht gesagt«, stellte Justus fest.
Der dritte Detektiv grinste. »Ihr achtet auf Devlin, ich geh nach draußen. In der Bucht müsste ich Empfang haben. Ich rufe die Polizei.« Er sah zu dem Bewusstlosen. »Und einen Arzt.«

Im Zwielicht

In Peters Rucksack lag ein kurzes Seil, als Teil der Ausrüstung für die Klettertour in die Grotte. Dass er es stattdessen benutzen würde, um dem ohnmächtigen Caden Devlin die Hände zu fesseln, hätte er im Vorfeld auch nicht gedacht.

Während sie auf Bobs Rückkehr warteten, fragten sich die beiden Detektive, wie es weitergehen würde. Der Täter war eindeutig überführt und ausgeschaltet, die Polizei würde sich um alles Weitere kümmern. Die Verantwortlichen im Ozeaneum würden von der Sache erfahren, sodass es nicht länger dank manipulierter Buchhaltung zu unbemerkten Diebstählen kommen konnte – und die Grotte kam ab sofort als Zwischenlager für gestohlene Tiere nicht mehr infrage.

Zweifellos ein Erfolg für die drei ???.

Doch wirklich zufrieden wirkte der Erste Detektiv nicht. Er knetete seine Unterlippe.

»Was ist los?«, fragte Peter.

»Ich denke über Bobs Trick mit dem Felsen nach.«

»Coole Idee.«

»Das stimmt, aber darum geht es mir nicht.«

»Sondern?«

Ehe Justus antworten konnte, regte sich Caden Devlin. Er ächzte, dann hoben sich die Augenlider flatternd.

»Bleiben Sie ruhig«, forderte der Erste Detektiv. »Sie sind nicht schwer verletzt.«

»Und kommen Sie nicht auf dumme Gedanken«, ergänzte Peter. »Wir haben Ihre Hände gefesselt und behalten Sie genau im Auge. Und haben Sie keine Angst, es gab vorhin keinen Einsturz, unser Freund hat Sie hereingelegt.«

»Ihr seid ...«, setzte der Dieb an, wollte sich aufsetzen, verzog schmerzhaft das Gesicht und verlor erneut das Bewusstsein.

»Offenbar hat's ihn doch ziemlich erwischt«, kommentierte der Zweite Detektiv. »Hoffentlich taucht Bob bald mit dem Arzt und den Polizisten auf.«

»Kann nicht mehr lange dauern«, schätzte Justus. Und tatsächlich kam Bob kurz darauf zurück, mit zwei Männern und einer Frau im Schlepptau. Alle drei trugen Helme, und einer der beiden Polizisten hatte noch weitere für die Jungen und Devlin mitgebracht.

Die Notärztin hieß ihrem Namensschild nach Dr. Elly Baring. Sie ging sofort neben dem Ohnmächtigen in die Hocke und untersuchte ihn. Als sie die kleine Wunde an der Schläfe reinigte und verband, erwachte Caden Devlin erneut und sah erstaunt auf die vielen Menschen um ihn herum.

»Sie sind wegen des Verdachts auf mehrfachen Diebstahl vorläufig festgenommen«, erklärte einer der Polizisten, ein dünner Mann namens Inspektor Zeran, und ratterte die Rechtsbelehrung herunter.

Devlin fluchte wütend.

Dr. Baring bestätigte daraufhin, dass ihr Patient aus medizinischer Sicht ohne Schwierigkeiten von diesem unwirtlichen Ort abgeführt werden konnte.

Inspektor Zeran wandte sich den drei Detektiven zu. »Ihr Jungs werdet noch ein bisschen was zu Protokoll geben müssen. Euer Freund hier«, er deutete auf Bob, »hat zwar bereits erzählt, wie ihr den Verbrecher an diesem Ort ausfindig gemacht habt, aber da bleiben einige Fragen offen. Zum Beispiel, wie –«

»Die drei haben tolle Arbeit geleistet«, unterbrach der zweite Polizist. »Ein sauberer Erfolg. Und Kollege Cotta aus Rocky Beach hat ja bestätigt, dass diese Burschen ihm öfter zuarbeiten.«

»Ich hatte ihnen empfohlen, dort anzurufen«, sagte Bob. »Sie dachten nämlich zuerst, ich würde sie ...«

»... auf den Arm nehmen, ja«, unterbrach Zeran. »Klang so, als du von einem bewusstlosen Tierdieb in einer verborgenen Höhle unter der Sanatoriumsruine erzählt hast. Du glaubst nicht, wie viele Witzbolde bei uns anrufen und uns verrückte Geschichten erzählen, die sie sich von vorne bis hinten ausgedacht haben. Also, meldet euch später bei uns, bis dahin erst mal danke für eure Hilfe.«

Bei den letzten Worten spuckte Caden Devlin aus und zischte den drei Detektiven zu: »Das nächste Erdbeben verschüttet euch Mistmaden hoffentlich!« Er stockte. »Oder wart das die ganze Zeit über ihr? So wie vorhin, als ihr mich ...« Er brach ab.

»Die ganze Zeit über?«, hakte der Erste Detektiv nach. »Was meinen Sie damit? Seit wann gibt es diese Erdbeben, die keine sind?«

Devlin starrte Justus an und schwieg.

Inspektor Zeran löste die Handfesseln und legte dem Tierpfleger Handschellen an. Dann verschwanden die beiden im Tunnel, der zweite Polizist und die Ärztin folgten ihnen.

Die drei ??? blieben alleine in der Grotte zurück.

»So, wie das klang, hat Devlin schon mehrere dieser sogenannten Erdbeben erlebt«, sagte der Erste Detektiv nachdenklich. »Was hat es damit auf sich?«

Peter winkte ab. »Keine Ahnung. Und ist ja auch nicht mehr wichtig. Devlins Geschäfte hier sind vorbei. Der Fall ist zu Ende.«

»Eben nicht. Bob hört ein Erdbeben, das es gar nicht gibt. Und Devlin hat das offenbar schon häufiger erlebt. Erinnert ihr euch? Kurz bevor Bob ihn überwältigte, rief er: ›Nicht schon wieder!‹ Und die Küstenwache patrouilliert verdächtig oft in der Gegend. Es gibt hier noch mehr Geheimnisse, Kollegen!«

Bob sah sich um. »Ach verflixt, es gab den größten Lärm in der Grotte, und jetzt, wo es drauf ankommt, schweigt sie.«

»Dein Trick vorhin hat mich stutzig gemacht«, sagte Justus. »Du hast den Lärm losdonnern lassen, um unseren Gegner abzulenken. Vielleicht ist das genau das, was vorher auch passiert ist.«

»Wie meinst du das?«, fragte Peter.

»Was, wenn jemand einen Einsturz simuliert hat? Aber nicht, um irgendwen abzulenken, sondern um ihm Angst zu machen. Und zwar demjenigen, der sich üblicherweise hier in der Grotte herumgetrieben hat – Devlin! Devlin stand irgendjemandem im Weg. Einer noch unbekannten Person, die ihn nicht in der Grotte haben wollte.«

»Jemand, dem Devlins Geschäfte ein Dorn im Auge waren«, überlegte Bob weiter. »Aber warum so umständlich? Warum hat dieser Jemand nicht einfach die Polizei gerufen?«

»Na, das ist doch klar«, sagte Peter. »Weil derjenige mit der Polizei vermutlich selbst nichts zu tun haben will!«

Justus nickte. »Oder mit der Küstenwache«, ergänzte er nachdenklich. »Kollegen, mein Instinkt sagt mir, was immer hier vorgeht, wir haben bei den Geheimnissen dieser ›schweigenden Grotte‹, wie Bob sie so treffend genannt hat, gerade mal die Oberfläche angekratzt!«

Am Abend saßen die Jungen in der Zentrale – ihrem Detektivbüro, das sich in einem alten Campinganhänger auf dem Gelände des Gebrauchtwarencenters von Justus' Onkel und Tante befand. Der Anhänger war unter einem Berg von Schrott verborgen und bot den drei ??? alles, was sie für ihre Ermittlungen brauchten: Computer, Telefon, gemütliche Sessel, Kühlschrank und sogar ein kleines Labor.
»Wir sind uns einig«, sagte Bob, während er einen köstlichen, mit weißer Schokolade überzogenen Keks kaute, »dass ich die Akte *Die drei ??? und die verschwundenen Fische* noch nicht im Archiv ablegen kann?«
»Völlig«, versicherte Justus schnell, ehe Peter etwas anderes sagen konnte.
Doch der Zweite Detektiv widersprach ohnehin nicht. »Aber der Titel ist langweilig.«
Bob grinste. »Ich arbeite dran.«
»Als Erstes schauen wir uns erneut im Ozeaneum um«, schlug Justus vor, »und nehmen Devlins Büropartner unter die Lupe, diesen Adrian Gish. Er hat den Tod des Golden Monkey Flowerhorn bestätigt, und in anderen Fällen lief es vermutlich ganz ähnlich. Sehr wahrscheinlich, dass er mit drinsteckt.«
»Morgen«, sagte Peter. »Für heute hatten wir genug Aufregung. Noch mehr wäre ...« Er verstummte, als das Telefon

ausgerechnet in diesem Moment klingelte. »Das soll wohl ein Witz sein«, ergänzte er dann.

Bob schaltete den Verstärker ein und nahm das Gespräch an. »Bob Andrews von den drei Detektiven.«

»Ja, guten Tag.« Die Frauenstimme war den Detektiven unbekannt. Es klang nach einer älteren, vornehmen Dame, wobei ein solcher erster Eindruck leicht täuschen konnte. »Die Polizei hat mich informiert, dass ihr auf meinem verlassenen Grundstück einen Verbrecher dingfest gemacht habt. Dafür möchte ich euch meinen Dank aussprechen.«

»Das ist nett, Mrs Roskin. Sie sind doch Mrs Sarah Roskin, richtig?«

»Aber ja, die bin ich. Ganz erstaunlich, ich hatte meinen Namen noch nicht genannt.«

»Wir waren wegen eines Schulprojekts auf dem Gelände, und deshalb haben wir uns im Vorfeld ein wenig mit der Geschichte beschäftigt. Ich war mir zwar nicht völlig sicher, ob Sie das Grundstück auch heute noch besitzen, aber die Vermutung lag nahe. Wir kennen Interviews mit Ihnen aus der Zeit, als Sie das Sanatorium schließen mussten.«

»Ganz erstaunlich«, wiederholte die Frau. »Ihr seid tatsächlich gute Detektive. Ich möchte euch zu mir einladen. Zum Dank dafür, dass ihr beendet habt, dass mein Grund und Boden – so wertlos er inzwischen auch sein mag – zum Umschlagplatz für gestohlene Tiere genutzt wird. Morgen? Ich gebe dir die Adresse meiner Praxis.«

»Sie praktizieren noch?«, fragte Bob.

»Es ist eine kleine Privatpraxis. Ich habe mich als Psychotherapeutin spezialisiert, weißt du? Ich betreue aber nicht mehr viele Patienten. Drei, vier Therapiegespräche am Tag genügen mir. Und keine Angst, ihr müsst euch nicht auf die Behandlungscouch legen.«

»Ich komme gerne«, versicherte Bob. »Ich weiß allerdings nicht, ob meine Freunde mich begleiten können.« Er erhielt die Adresse und sie verabredeten sich für drei Uhr am kommenden Nachmittag. Bob legte auf.

»Gut, dass du gleich klargestellt hast, dass wir nicht alle kommen«, sagte Justus. »Wir müssen uns aufteilen.«

Der dritte Detektiv nickte. »Ihr kümmert euch um das Ozeaneum und Adrian Gish. Vielleicht finde ich unterdessen bei Mrs Roskin einen anderen Ansatzpunkt – immerhin gehört ihr das Gelände. Sie kennt die Ruine und die Grotte wie keine andere. Ich werde sie vorsichtig ausfragen, ob es dort in letzter Zeit noch andere seltsame Ereignisse gab. Vielleicht komme ich ja so diesen Pseudo-Erdbeben auf die Spur.«

»Und finde heraus«, ergänzte Justus, »ob sie etwas über die Patrouillen der Küstenwache weiß.«

Visite bei der Privatärztin

Als Leiterin des Privat-Sanatoriums war Sarah Roskin vor zwanzig Jahren eine in ganz Kalifornien bekannte Persönlichkeit gewesen. Ihre aktuelle, ebenso kleine wie exquisite Privatpraxis genoss einen guten Ruf. Die Patienten damals und heute hatten etwas gemeinsam: Sie waren reich. Das musste man sein, um sich eine Sitzung bei Mrs Roskin leisten zu können.
Allerdings war ihr Ruf nicht immer so gut gewesen, wie Bob bei einer genauen Recherche herausgefunden hatte. Ob und wie er diese Information im kommenden Gespräch nutzen wollte, wusste er noch nicht. Er würde improvisieren, je nachdem, wie die Unterhaltung verlief.
Der dritte Detektiv fuhr direkt nach der Schule los. Die Praxis lag in Mrs Roskins Privathaus, einer schicken Villa am Stadtrand von Los Angeles. Bob parkte seinen gelben VW Käfer ganz in der Nähe. Er entdeckte am Tor zwei Klingeln. Auf der einen stand *Praxis Roskin*, auf der anderen *Privat*.
Bob läutete in der Praxis. Es piepte drei Mal aus der Sprechanlage, ehe eine Frauenstimme ertönte, die eindeutig nicht der Ärztin gehörte. »Ja bitte?«
»Mein Name ist Bob Andrews, ich habe einen Termin mit Sarah Roskin.«
»Ach, einer dieser jungen Detektive. Komm rein. Immer den Weg entlang.«
Es summte, Bob drückte das Tor auf und ging durch den Vorgarten. Die Eingangstür – rechts und links von zwei hölzernen Delfinen im Sprung gesäumt – öffnete sich. Eine junge Frau

lugte ihn über ihre nach unten gerutschte Brille an, anscheinend die Sprechstundenhilfe.
Doch in diesem Moment betrat bereits die Ärztin den Raum. Mrs Roskin lächelte, was die zahlreichen Falten in ihrem Gesicht noch verstärkte. Ihr graues Haar war zu einem Zopf geflochten, der über der linken Schulter nach vorne hing. »Du bist also Bob Andrews! Schade, dass deine Freunde dich nicht begleiten konnten.«
»Ich soll Sie herzlich grüßen. Es war ihnen genauso eine Freude wie mir, den Tierdiebstählen ein Ende zu setzen.«
Mrs Roskin führte den dritten Detektiv in ein leeres Wartezimmer. »Möchtest du einen Tee? Wir haben alle möglichen Sorten. Schwarz, grün, weiß?«
Weiß?, dachte Bob. »Nein danke.«
Sie setzte sich ihm gegenüber hin. »Dass das auf meinem Grundstück passiert ist!« Sie schüttelte den Kopf. »Nicht auszudenken, wenn das so weitergegangen und ich vielleicht sogar irgendwann mit hineingezogen worden wäre!«
»Wie meinen Sie das?«
»Nun, die Grotte gehört zu meinem Besitz. Könnte ich da nicht haftbar gemacht werden, sobald dort jemand Verbrechen begeht?« Sie winkte ab. »Mit solchen kriminellen Machenschaften kenne ich mich nicht aus. Das ist wohl eher dein Metier.«
»Ich würde es anders nennen, es –«
»Oh, so meinte ich das nicht! Als Detektiv verstehst du mehr von diesen Dingen, wollte ich sagen.«
Bob entschied spontan, die Gelegenheit zu nutzen, ihr ein wenig auf den Zahn zu fühlen und seine neuen Recherche-Ergeb-

nisse zu nutzen. »Es stimmt – wenn die Grotte und damit auch Sie, Mrs Roskin, erst einmal ins Gerede gekommen wären, hätten sich die Klatschblätter bestimmt gleich darauf gestürzt. Und ganz sicher auch die alten Anschuldigungen gegen Sie wieder ausgegraben.«

Sie senkte den Kopf und legte die Hand an die Stirn. »Da sagst du was, Junge. Aber woher weißt du überhaupt davon? So was lässt sich wohl nie aus der Welt schaffen, obwohl doch damals eindeutig meine Unschuld bewiesen worden ist!«

»Eigentlich habe ich nach ganz anderen Informationen gesucht, aber ich habe den Mitschnitt eines alten Fernseh-Interviews gesehen. Sie waren dort sehr erleichtert, dass die Ermittlungen wegen Drogenhandels eingestellt wurden.«

»Stell dir vor, man hatte tatsächlich mich verdächtigt!« Sie lachte, als wäre das etwas ganz und gar Unvorstellbares.

»Wer war denn *man*, Mrs Roskin?«, fragte Bob. »Also, ich meine, wer hatte die Verdächtigung ausgesprochen? Die Polizei?«

»Ach was! Irgend so ein Schmierfink von Reporter, der auf dubiose ungenannte Quellen zurückgegriffen hat! Er nannte mich die *Drogenkönigin, die in ihrem Privat-Sanatorium residiert*. Natürlich hatte er keine Beweise – woher sollten die auch kommen? Er hat sich einfach etwas zurechtfantasiert!«

»Aber irgendetwas muss doch vorgefallen sein«, sagte Bob.

»Einer meiner Patienten hatte Drogen verkauft, während er zur Therapie im Sanatorium wohnte. Ein völlig kaputter Filmstar, den ich von seinen Selbstmordgedanken abgebracht habe, ehe ich dafür sorgte, dass er nicht ins Gefängnis, sondern in eine Entzugsklinik wanderte. Für diesen Schmierfinken von

der Zeitung war das wohl nicht sensationell genug, und da hat er irgendetwas von einem Drogenimperium dazuerfunden.«
Bob fiel auf, wie vehement sie sich nach all der Zeit noch verteidigte. Es musste sie damals sehr getroffen haben. »Alle Anschuldigungen sind zu den Akten gelegt worden, richtig?«
»Selbstverständlich! Aber meinem Ruf hat es trotzdem geschadet. Ich hatte mich gerade davon erholt und das Sanatorium lief wieder prächtig, als dann das Erdbeben über mich hereinbrach.« Sie schüttelte den Kopf unter der Last der Erinnerungen.
Nun kamen sie also zu dem Punkt, der Bob brennend interessierte: das Erdbeben! Seinen Recherchen nach schien es sich um ein einmaliges Ereignis gehandelt zu haben, denn im Bereich der Insel hatte es offiziell seitdem keinerlei Erschütterungen mehr gegeben – was ganz im Widerspruch zu dem stand, was er selbst erlebt und was Caden Devlin gesagt hatte. »Und danach mussten Sie schließen. Wären Sie so nett, mir zu erzählen, was beim Einsturz damals vorgefallen ist?«
»Eine Katastrophe! Ich war zum Glück nicht im Haus, aber etliche Gäste und zwei Schwestern der Nachtschicht. Ein Erdstoß brachte die Grotte zum Einsturz – oder vielmehr den größten Teil. Riesige Felsbrocken sind in den Therapie-Bereich gedonnert. Alles wurde unzugänglich, die ganze Anlage zerschmettert! Auch der Treppenabgang, der vom Sanatorium hinabführte, ist eingestürzt. Wenn das tagsüber passiert wäre, hätte es Todesopfer geben können. So war die Grotte zum Glück menschenleer.« Sie seufzte. »Und sogar die armen Tiere haben überlebt.«
»Wie das?«, fragte Bob.

»Am nächsten Tag, als alles vorbei war, konnte ein Taucher von außen durch den unterirdischen Zugang vom Meer zum großen Grottensee schwimmen und das Gitter öffnen. So entkamen die Delfine. Leute vom Ozeaneum in Los Angeles haben damals diese Aktion begleitet und überwacht. Sie standen bereit, sich um die Tiere zu kümmern, und halfen ihnen, ins Freie zu gelangen.«

»Das Ozeaneum kennen wir. Einer der Delfinpfleger hat uns eine wichtige Spur zu Caden Devlin gewiesen, sodass wir ihn überführen konnten. Haben Sie jemals mitbekommen, dass sich in den vergangenen Jahren jemand Zutritt zur Grotte verschafft hat?«

»Nein«, sagte sie – ohne auch nur eine Sekunde nachzudenken. »Es ist dort lebensgefährlich! Jederzeit droht ein neuer Einsturz. Das hat mir ein Untersuchungsteam bestätigt, als es damals darum ging, ob ich das Sanatorium wiedereröffnen könnte. Ich kann es mir natürlich nicht leisten, das Gelände dauerhaft überwachen zu lassen. Und eigentlich sollte ein Zaun samt Warnschildern ja genügen. Dass jemand trotzdem den Weg in die Ruine, zur Bucht und in den Tunnel sucht und findet ... Nach den aktuellen Erfahrungen frage ich mich, ob ich das Gebäude nicht komplett einreißen lassen sollte! Wieso fragst du das überhaupt? Weißt du von noch jemandem, der sich dort herumtreibt?«

»Nein«, sagte Bob. Ihre Vermutung, dass jemand Devlin hatte vertreiben wollen, erwähnte er nicht.

»Auch für dich und deine Freunde war es sehr gefährlich, durch das Haus bis zur Bucht vorzudringen und dann von dort zur Grotte. Ihr habt Gutes bewirkt, aber bitte ... seid nie wie-

der so leichtsinnig!« Sie winkte ab. »Aber die Sache ist ja sowieso abgeschlossen, nicht wahr?«
»Richtig«, log Bob. »Haben Sie eigentlich je darüber nachgedacht, die Ruine zu verkaufen?« Falls jemand so sehr Interesse an dem Gelände oder der Grotte hatte, dass er Caden Devlin hatte vertreiben wollen, könnte er immerhin mit einem Angebot an Mrs Roskin herangetreten sein.
Sie lachte, aber es klang nicht besonders belustigt. »An dieser Todesfalle hat niemand Interesse, glaub mir. Nein – das Gebäude hätte mich fast ruiniert, das tut sich keiner freiwillig an. Ohne meine Privatpraxis hätte ich finanziell nicht überleben können. Zum Glück sind mir etliche Patienten hierher gefolgt.« Sie sah auf die Uhr. »Leider wartet nun einer davon auf mich. Ich bedanke mich sehr herzlich bei dir und euch und wünsche euch alles Gute bei euren kommenden Fällen.«
Sie verabschiedeten sich.
Bob überlegte, ob er zu seinen Freunden ins Ozeaneum fahren sollte, und rief bei Peter an. Der Zweite Detektiv berichtete, dass sie bislang noch nicht weitergekommen waren.
Bob erzählte kurz von seinem Gespräch. »Wenn ihr meine Hilfe nicht braucht, fahre ich noch zur Los Angeles Central Library.« Das war die größte öffentliche Bibliothek der Stadt. »Dort werde ich alle Zeitungsarchive nach Berichten über das Sanatorium durchforsten. Vielleicht dürfen wir uns nicht zu sehr auf den Einsturz konzentrieren – es könnte vorher etwas geschehen sein oder später, das das Interesse von irgendjemandem geweckt hat.«
»Und was stellst du dir da vor? Eine Goldader auf dem Gelände? Ein versunkener Schatz im Grottensee?«

»Du hast wirklich eine blühende Fantasie.« Bob lachte. »Ernsthaft – keine Ahnung. Aber *irgendetwas* ist dort!«

»Dann wünsche ich dir eine erfolgreiche Recherche«, sagte Peter.

Der dritte Detektiv machte sich auf den Weg. Die Central Library lag mitten in Los Angeles und er musste sich durch eine Menge Verkehr quälen, bis er den pompös aussehenden Gebäudekomplex in der 5th Street erreichte. Er kannte sich gut genug aus, um rasch den Eingang ins Parkhaus zu finden und von dort den großen Lesesaal, in dem es Computerplätze für Besucher gab.

Der dritte Detektiv durchsuchte die Onlinebestände der Tageszeitungen nach Erwähnungen des Sanatoriums. Etliche Treffer führten in die Irre, einige erwähnten die Ruine nur beiläufig in Berichten über das Naturschutzgebiet auf der Insel oder als Nebensatz in Artikeln über Tier-Therapien.

Die jahrzehntealten Ausgaben der meisten Zeitungen lagen noch nicht digital vor. Bob musste in einen Leseraum, wo ganze Jahrgänge zu dicken Lederbänden gebunden in den Regalen standen. Vor allem die Bestände kleinerer Zeitungen waren noch nicht digitalisiert worden. Er ging die schier endlosen Reihen ab und wusste, dass das eine lange Recherche werden konnte. Immerhin kannte er das genaue Datum des Einsturzes und würde zunächst in diesem Zeitraum suchen. Vielleicht stieß er auf Bemerkungen, die Verbindungen zu weiter zurückliegenden Ereignissen eröffneten. Möglicherweise lohnte es sich außerdem, alte Klatschzeitschriften nach Berichten über Prominente zu durchsuchen, die sich dort hatten behandeln lassen.

Er zog die ersten Sammelbände aus dem Regal und begann zu blättern. Staub flockte auf. Kurz darauf schleppte er etliche Bände an einen kleinen Tisch in einer fensterlosen Nische und schaltete die Schreibtischlampe an, die dort bereitstand. Er blätterte sich durch zahllose Seiten. Die Bibliothek hatte bis acht Uhr am Abend geöffnet – es blieben also nur zwei Stunden.

Und die vergingen schnell, doch kurz bevor er gehen musste, stieß er auf einen Hinweis, der ihn misstrauisch machte.

Dann wurde ihm klar, dass sie sich in einem entscheidenden Punkt geirrt hatten.

Und kurz darauf begriff er, was das noch bedeutete: Mrs Roskin hatte ihn eiskalt belogen.

Ein neues Licht

Kurz nachdem Bob ihm Bescheid gegeben hatte, dass er in die Bibliothek fahren wollte, klingelte Peters Handy erneut. Zach Canning rief an. Er wusste, dass sie sich vor Ort umschauten, um mehr über Adrian Gish herauszufinden, und teilte mit, dass die Leiterin des Ozeaneums die drei ??? sprechen wollte. »Könnt ihr zum Bistro kommen? Sucht euch einen Tisch draußen, auf der Wiese zwischen dem Hauptgebäude und dem Forschungsinstitut. Mrs Stone wird in etwa zehn Minuten dort sein. Ich würde ja dazukommen, aber Nicole hat sich krankgemeldet. Ihr wisst schon, meine Partnerin bei der Delfinshow. Ihr Ersatz und ich nutzen jede freie Sekunde zum Proben. Für die Tiere ist es ungewohnt, dass jemand anderes Nicoles Rolle übernimmt.«
»Geht klar«, sagte der Zweite Detektiv. Sie machten sich auf den Weg und keine fünf Minuten später setzten sie sich an einen freien Tisch. Sofort tauchte eine Bedienung bei ihnen auf und sie bestellten jeder einen Eisbecher.
Noch während sie darauf warteten, kam eine Frau zu ihnen. Sie mochte etwa vierzig Jahre alt sein und sah übermüdet aus. Sie setzte sich, pustete sich eine braune Locke aus der Stirn und sagte: »Im Namen des Ozeaneums danke ich euch. Ich bin Cara Stone, die Leiterin.« Sie schaute sich um. Niemand war nahe genug, um das Gespräch zu belauschen. »Ihr habt großen finanziellen Schaden von uns abgewendet. Dass einer unserer Mitarbeiter zu so etwas fähig ist, hätte ich nicht gedacht.«
Die Bedienung kam zurück und servierte die bestellten Eis-

becher. »Schreib sie mir auf die Rechnung, Andy«, sagte Mrs Stone zur Kellnerin.
»Wenn ich das gewusst hätte«, meinte Peter grinsend, »hätte ich den Jumbobecher genommen.«
»Was er sagen will«, ergänzte Justus, »ist: Danke!«
»Das habt ihr euch verdient. Dass ihr Caden Devlin so rasch überführen konntet, ist wirklich erstaunlich.«
»Leider schneller, als uns lieb war«, meinte der Erste Detektiv, während er eine heiße Kirsche aus dem Becher fischte. Er berichtete, wie sie in der Bucht den Tunneleingang gefunden hatten, der zur teilweise eingestürzten Grotte führte, und wie sie von Devlin überrascht worden waren.
»Und wieso meinst du, es wäre zu schnell gegangen?«, fragte die Leiterin verwirrt.
»Falls er einen Komplizen hatte«, sagte Justus, »ist der nun gewarnt, und es wird schwer werden, ihm etwas nachzuweisen. Er dürfte von Devlins Festnahme gehört haben und hatte Zeit genug, Beweise zu vernichten.«
»Hm.« Mrs Stone nickte. »So weit habe ich nicht gedacht. Ich bin automatisch davon ausgegangen, dass Devlin allein gearbeitet hat.«
»Wir werden sehen«, sagte Peter. »Wissen Sie denn, ob Devlin Feinde hatte?«
»So gut kannte ich ihn nicht. Aber er ist ein eher ruhiger Mensch, ich habe ihn nur einmal aufbrausend erlebt.«
Wir auch, dachte Peter.
»Und da hatte er einen guten Grund. Ich glaube eigentlich nicht, dass er sich mit seiner Art Feinde geschaffen hat.«
Dass sie es so unverhofft mit der Leiterin des Ozeaneums zu

tun bekommen hatten, eröffnete den Detektiven völlig neue Möglichkeiten. »Wir würden gerne noch einige Hintergründe recherchieren«, sagte Justus. »Vielleicht können Sie uns dabei behilflich sein.«

»Ich weiß nicht, was ich da tun könnte. Unsere Buchhaltung sichtet gerade in Zusammenarbeit mit der Polizei sämtliche Akten, mit denen Mr Devlin zu tun hatte. Ich kann euch denen aber sicher nicht über die Schulter schauen lassen.«

»Es wäre hilfreich, wenn wir uns im Ozeaneum frei bewegen könnten, auch im Mitarbeiterbereich.«

Mrs Stone schrieb ihnen ihre Telefonnummer auf eine Serviette – und noch einige Ziffern in einer eigenen Reihe darunter. »Ich vertraue euch. Unter dieser Nummer könnt ihr mich jederzeit erreichen und mit diesem Zahlencode könnt ihr den Mitarbeitereingang an der Rückseite des Ozeaneums öffnen, schräg neben der Fluchttreppe. Damit könnt ihr euch frei bewegen.«

»Das ist großartig, danke! Wie Sie ja wissen, hat Mr Devlin unter anderem das Ableben von Fischen protokolliert, die er in Wirklichkeit gestohlen hat«, sagte Justus. »Was sein Kollege Adrian Gish bestätigt hat.«

»Deshalb verdächtigt ihr Adrian?«

»Es ist kein echter Verdacht«, stellte Justus klar. »Nur eine Spur, der wir folgen wollen. Eine von mehreren.«

»Ich glaube, da muss ich euch enttäuschen. Es ist ganz häufig so, dass man den Tod eines Tieres in den Becken nicht wirklich wahrheitsgemäß bestätigen kann, weil ...« Sie hob die Schultern. »Na ja, weil es einfach nichts mehr gibt, was man als Nachweis anbringen könnte.«

»Wie meinen Sie das?«, fragte Peter.
»In größeren Becken halten sich Tiere oft für etliche Tage im Riffgestein auf, also in kleineren Höhlen. Da wird nicht gleich am ersten Tag eine Suchaktion gestartet, sobald statt der erwarteten sieben Exemplare nur sechs zu sehen sind. Ihr versteht? Und wenn ein Fisch stirbt, kommt es nicht selten vor, dass über Nacht nichts mehr von ihm übrig bleibt.«
»Wie das?«, fragte Peter verblüfft.
»Im Sand eines jeden Beckens gibt es eine Menge Würmer und Kleinstlebewesen. Die können binnen weniger Stunden einen kompletten Fisch auffressen – natürlich nur ein totes Tier. In einem solchen Fall gibt es nichts mehr, was irgendwer überprüfen könnte, wenn der Verlust gemeldet wird. Den Verlust ohne ›Beweisstück‹ zu bestätigen, ist deshalb völlig normal.«
Die beiden Freunde merkten, dass es weitaus mehr Möglichkeiten gab, eine gute Erklärung für ein gestohlenes Tier zu liefern, als sie gedacht hatten.
»Das entlastet Mr Gish natürlich«, sagte Justus.
Mrs Stone nickte. »Gibt es noch etwas, das ich für euch tun kann? Ich meine, abgesehen davon, dass ihr eine kostenlose Jahreskarte bekommt?« Ihr Handy klingelte. Sie murmelte eine Entschuldigung, als sie die Nummer sah. »Da muss ich leider rangehen.« Sie hob ab. »Ja?« Für ein paar Sekunden hörte sie zu, dann brummte sie ein »Hm«, ehe sie sagte: »Ich spreche mit ihm.« Stille. »Doch. In einer Stunde.« Kurzes Schweigen. »Ja. Ja, ich werde mich mit ihm an einen Tisch setzen. Richte es Hill aus.« Sie legte auf. »Entschuldigt, Jungs. Ihr glaubt gar nicht, was mein Job so mit sich bringt.«

»Machen die Demonstranten Ärger?«, fragte Peter.
Sie sah ihn überrascht an. »Woher weißt du das?«
»Ich hatte mit Mr Hill neulich ein kleines Gespräch.«
»Ärger ist zu viel gesagt und Hill ist … Na ja, er irrt sich in etlichen Punkten, aber im Grunde ist er ein recht vernünftiger Mensch. Man kann mit ihm reden.« Sie stand auf. »Wenn ihr Fragen habt, könnt ihr mich anrufen.«
Nachdem sie gegangen war, aßen Justus und Peter ihre Eisbecher leer und besprachen, wie sie weiter vorgehen sollten. Wenig später klingelte das Handy des Ersten Detektivs. Bob war dran.
»Seid ihr allein?«
»Sind wir«, versicherte der Erste Detektiv. Obwohl Peter neugierig aussah, stellte Justus nicht auf Lautsprecher, damit niemand sonst mithören konnte.
»Wir haben uns geirrt. Und Mrs Roskin hat mich eiskalt angelogen.«
»Wie meinst du das, wir haben uns geirrt?«
»Wir waren nicht in der Grotte unter dem Sanatorium.«
Justus zögerte. »Äh, Bob, alles in Ordnung mit dir? Klar waren wir dort. Oder willst du behaupten, wir hätten uns das eingebildet?«
»Quatsch! Wir waren in einer Höhle, ja … aber die gehört nicht zu *der* Grotte! Die ist damals völlig eingestürzt. Es gibt keinen Zugang mehr, zumindest nicht über Wasser. Wisst ihr noch, wie seltsam wir es fanden, dass in dem winzigen See das Delfinschwimmen stattgefunden haben soll? Und dass wir dachten, es ist eben ein kleiner Bereich am Rand der Grotte, der nicht eingestürzt war? Irrtum!«

»Und … was bedeutet das?«
»Ich habe Mrs Roskin davon erzählt, wie wir in die Grotte kamen, und sie hat das rundum bestätigt. Alles Unfug!«
»Aber warum sollte sie …«
Bob ließ ihn nicht ausreden. »Es gibt einen alten Zeitschriftenbericht über das Sanatorium, mit tollen Fotos von der Grotte. Hochglanzaufnahmen von dem See, dem Becken mit den Kangal-Fischen … Die Fotostrecke zeigt jeden Winkel, und nichts sah ansatzweise so aus wie die Höhle, in der wir gewesen sind. Und es gab definitiv auch keinen oberirdischen Tunnel von der Meerseite her, der in die Grotte führte. ›*Nur das Sanatorium bietet einen begehbaren Zugang*‹, so wird Mrs Roskin in dem Bericht zitiert. ›*Ich habe das Gebäude über dem einzigen oberirdischen Zugang zur Grotte erbaut.*‹«
»Hmm, durchaus widersprüchlich … Stellt sich die Frage: Warum belügt sie dich und will dich im Glauben lassen, wir wären dort gewesen?«
»Das müssen wir noch herausfinden. Aber dass sie gelogen hat, beweist, dass sie etwas zu verbergen hat. Zuerst dachte ich, es geht um eine Drogengeschichte, in die sie während ihrer Zeit als Institutsleiterin einmal verwickelt gewesen ist, aber da ging es gar nicht um sie, sondern um einen ihrer Patienten.«
»Und was dachtest du dann?«
»Pass auf, jetzt kommt der eigentliche Hammer. Ich bin auf den Namen Zach Canning gestoßen!«
»Unser Zach Canning?«
»Genau der. Er war damals bei Mrs Roskin angestellt – als Pfleger für die Delfine, die in der Grotte bei der Therapie eingesetzt wurden. Warum hat er uns nichts davon erzählt? Wir

haben so oft über das Sanatorium gesprochen ... wenn er dort gearbeitet hat, kennt er sich doch bestens aus! Aber er hat so getan, als hätte Caden Devlin ihn an einen ihm völlig fremden Ort geführt. Das passt hinten und vorne nicht zusammen! Wir dürfen ihm nicht mehr vertrauen.«

Der Erste Detektiv atmete geräuschvoll aus. »Also hat er uns nach Strich und Faden an der Nase herumgeführt! Ob wir ihn am ersten Tag wirklich dabei beobachtet haben, wie er Devlin nachgestellt hat? Oder ging da etwas völlig anderes vor?«

»Sowohl Mrs Roskin als auch Zach Canning belügen uns«, stellte Bob fest. »Fragt sich nur – warum?«

Unerwartetes Zusammentreffen

Justus informierte Peter kurz im Flüsterton über die Neuigkeiten und die drei ??? stimmten darin überein, dass sie sich jetzt unmittelbar sowohl um Mrs Roskin als auch um Zach Canning kümmern mussten. Das war – zumal seit dem Gespräch mit Mrs Stone – weitaus vielversprechender als die Annahme, Adrian Gish könnte ein Komplize des Fischdiebs gewesen war.

Canning und Roskin kannten sich von früher. Hieß das, dass sie noch immer in Kontakt standen? Was hatten sie zu verbergen?

»Fahr du noch mal zur Ruine, Bob, und sieh dich dort um, ob du irgendetwas entdeckst, was wir bisher übersehen haben«, entschied Justus. »Wir warten hier, bis Canning Feierabend hat, und beschatten ihn!« In dieser Hinsicht erwies sich der Zugangscode, den sie von der Leiterin erhalten hatten, als äußerst hilfreich – sie konnten sich im Mitarbeiterbereich frei bewegen.

»Einverstanden«, sagte Bob und legte auf.

Justus und Peter machten sich auf den Weg zum Parkplatz.

»Wir sollten Cannings Auto verwanzen«, schlug der Zweite Detektiv vor. Doch dann bemerkten sie eine kleine Gruppe Menschen, deren Aufmerksamkeit sie bei einer solchen Aktion unweigerlich auf sich ziehen würden: Die Demonstranten hatten wieder Stellung bezogen.

Peter bemerkte, dass weniger Leute teilnahmen als beim letzten Mal. Natürlich war David Hill, der Organisator und

Chef-Demonstrant, wieder mit von der Partie. Der Zweite Detektiv erkannte ihn aus der Ferne an seiner hageren Statur, dem bauschigen Vollbart und der Schlappmütze – auch wenn sie diesmal weiß war, nicht braun. Die Demonstranten präsentierten friedlich ihr »Delfine gehören in die Freiheit«-Banner. Sie sprachen zwar alle Leute an, die das Ozeaneum besucht hatten, zeigten sich jedoch nie aufdringlich.

Wenig später schloss das Ozeaneum seine Pforten und auch die Demonstranten zogen ab. Peter und Justus holten den Peilsender aus dem Auto und brachten ihn hinter der Stoßstange von Zach Cannings Kastenwagen an. Auf dem Empfangsgerät konnten sie ab sofort erkennen, wohin der Verdächtige fuhr – sie durften sich nur nicht zu weit entfernen, sonst würde das Signal verloren gehen.

Nach etwa einer halben Stunde kam der Delfinpfleger zu seinem Auto, stieg ein und verließ den Parkplatz.

Die beiden Detektive warteten ein wenig – dank des Peilsenders war es ein Leichtes, so viel Abstand zu halten, dass Canning sie dieses Mal nicht bemerkte.

»Er fährt nicht zur Küstenstraße«, stellte Justus fest.

Also war sein Ziel wohl nicht wie erwartet die Insel und damit die Ruine. Zumindest nicht auf direktem Weg.

Peter fuhr los.

Justus behielt das Empfangsgerät im Auge und lotste seinen Freund durch die Stadt. Zunächst glaubten sie, es ginge nach Hollywood, doch tatsächlich steuerte Canning Atwater Village an, einen kleinen Stadtteil von Los Angeles, der an die Hollywood Hills grenzte. Dort stoppte er in einem ruhigen Wohngebiet.

Der Zweite Detektiv hielt in einer Nachbarstraße. Justus sprang aus dem Auto und lugte um eine Kreuzung. Er sah gerade noch, wie Canning in einem einzeln stehenden Einfamilienhaus verschwand. Nach ein paar Sekunden schlich der Erste Detektiv näher ran und konnte von der Straße aus auf den Briefkasten schauen. *Z. Canning*, stand darauf. Sie hatten ihn also bis nach Hause verfolgt.

Peter parkte um, sodass sie das Haus im Blick behalten, selbst aber von dort aus kaum erkannt werden konnten. Während sie im Auto warteten, wurde es dunkel und sie überlegten gerade, die Observierung für diesen Tag abzubrechen, da verließ der Delfinpfleger wieder sein Haus. Er trug eine schwarze Jacke und einen dunklen Hut. Canning ging zügig zu seinem Wagen und fuhr los.

Justus und Peter folgten ihm wieder mit dem nötigen Abstand und bald wurde klar, dass sie zurück zum Ozeaneum fuhren.

Als sie dort ankamen, war der Parkplatz davor leer – kein Wunder um die späte Uhrzeit. Er lag im Dunkeln, nur der erleuchtete Schriftzug des Gebäudes sorgte für schummriges Licht. Cannings Kastenwagen stand nah beim Mitarbeitereingang des Ozeaneums.

Justus stieg rasch aus, Peter fuhr weiter, um unauffällig in einer Nebenstraße zu parken.

Der Erste Detektiv bewegte sich langsam und geduckt auf den Mitarbeitereingang zu – er kannte ja den Zugangscode und konnte Canning ins Gebäude folgen. Plötzlich bemerkte Justus eine dunkle Gestalt. Direkt am Gebäude des Ozeaneums entlang huschte jemand ebenfalls zum Mitarbeitereingang!

Der Erste Detektiv verharrte bewegungslos, um nicht auf sich aufmerksam zu machen. Sogar aus der Ferne erkannte er, wer sich dort vorne herumtrieb.

Die hagere Gestalt, der Vollbart, die weiße Schlappmütze ... das war David Hill, der Demonstrant! Was hatte er dort zu suchen?

Peter kam. Justus bedeutete ihm, still zu sein, und machte ihn auf den unerwarteten Besucher aufmerksam.

Hill tippte etwas ins Tastenfeld und der Mitarbeitereingang öffnete sich. Er verschwand im Innern, die Tür schloss sich hinter ihm.

»Woher hat er den Zugangscode?«, fragte Peter. Zwar hatte die Leiterin Mrs Stone diesen den drei ??? mitgeteilt, aber einem Mann, der gewissermaßen gegen sie demonstrierte, würde sie wohl kaum dasselbe Vertrauen entgegenbringen. »Und was will er dort?«

»Vielleicht ist er mit seinem Wirken gegen das Delfinarium doch nicht so vernünftig«, meinte Justus. »Ein Sabotageakt?«

»Wir müssen hinterher!«, sagte Peter. »Hast du Canning noch gesehen? Ist er auch drin?«

»Keine Ahnung. Wir dürfen uns nicht erwischen lassen. Von niemandem! Los geht's.«

Die beiden huschten über den dunklen Parkplatz. Beim Mitarbeitereingang schauten sie sich rasch um. Niemand zu sehen. Justus tippte den Code ein. Er funktionierte, sie konnten eintreten.

Der anschließende Korridor war leer. Nun erwies es sich als Vorteil, dass sie sich bereits vor Ort auskannten. Wenn sie etwas hörten, konnten sie ausweichen und sich verstecken, um aus dem Verborgenen heraus zu beobachten.

Wo sollten sie zuerst suchen?
Sie gingen Richtung Delfinarium. Falls Hill tatsächlich Sabotage begehen wollte, lag es nahe, dass er sich dort zu schaffen machte. Vielleicht wollte er auch mit gefälschten Beweisen ans Licht bringen, wie schlecht es den Tieren in Gefangenschaft ging. Oder mit echten.
Den Weg zum Delfinarium einzuschlagen, hieß auch, dass sie in die Nähe von Zach Cannings Büro kamen – und der Delfinpfleger war ja der eigentliche Grund, weshalb sie hierhergekommen waren. Sollten sie sich trennen und jeder einen Verdächtigen verfolgen? Dann bestand die Gefahr, dass sie dem jeweils anderen über den Weg liefen. Und was, wenn die beiden Männer aufeinandertrafen? Hills Auftauchen hatte alles sehr verkompliziert!
Die beiden Freunde blieben zusammen und pirschten sich durch den nahezu dunklen Korridor vorwärts, vorbei an den geschlossenen Bürotüren. Nur eine stand offen. Das war der Durchgang vom Mitarbeiterbereich zur Tribüne des Delfinariums!
»Er ist da drin«, flüsterte Justus.
Peter schlich weiter, ging in die Knie und linste am Türrahmen vorbei. Er winkte Justus zu sich. »Wir können die hinterste Sitzreihe als Deckung nutzen«, wisperte er.
Wenige Sekunden später kauerten sie dort und konnten in Richtung des großen Beckens schauen, wo die Delfinshow stattgefunden hatte.
David Hill und ein zweiter Mann standen etwa dreißig Meter von den beiden Detektiven entfernt auf dem breiten Beckenrand. Der andere Mann trug eine Jacke mit hochgeschlagenem

Kragen und einen Hut, der das Gesicht verdeckte. Genau denselben Hut, den Zach Canning vorhin getragen hatte.
Hill hatte Canning getroffen!
Und die beiden sahen nicht so aus, als wären sie deswegen überrascht. Vielmehr unterhielten sie sich angeregt, wenn auch kein Wort zu verstehen war. Kannten die beiden sich? Waren sie nicht aus Zufall zur selben Zeit hierhergekommen?
»Was tun sie dort?«, flüsterte Peter.
Justus antwortete nicht. Die nächsten Sekunden sprachen für sich selbst. Beide Männer zerrten an den Enden eines Netzes und zogen einen Delfin aus dem Becken. Das Tier regte sich nicht. Offenbar war es ... tot?
Oder betäubt.
Jetzt erst fiel Peter das Gestell auf, das ebenfalls auf dem Beckenrand stand. Er hatte dieses schubkarrenähnliche Ding mit den Tragegriffen auf beiden Seiten schon einmal gesehen, in Zach Cannings Büro. Nur dass es dort zusammengeklappt gewesen war.
Die Männer wuchteten das reglose Tier hinein. Wasser perlte von ihm ab.
»Eine Delfintrage«, flüsterte Justus. »Man kann Delfine damit eine Zeit lang über Land transportieren, wenn man sie hin und wieder bewässert.«
»Du meinst ...«
»Ja. Die beiden stehlen den Delfin!«

Bob entschied sich, den Wagen nicht auf dem Parkplatz auf der Insel abzustellen, sondern noch auf dem Festland – er wollte unauffällig bleiben und keinen Hinweis auf seine Anwesenheit geben, falls Canning, Roskin oder sonst irgendjemand ebenfalls bei der Ruine auftauchte. Er lief über die Brücke. Auf dem Parkplatz stand kein Wagen, mit einiger Wahrscheinlichkeit war Bob also allein auf der Insel.

Wenige Minuten später drückte er sich durch das Loch im Absperrzaun und kletterte durch die Fensteröffnung in die Ruine. Wenn ihre Überlegungen stimmten, gab es nach wie vor einen Zugang zu der richtigen Grotte ... nur wo und wie?

Bob streifte durch die große Halle. Warum logen Canning und Mrs Roskin? Nach der Vermutung der drei ??? hatten sie Caden Devlin von diesem Ort vertreiben wollen – aber weshalb? Was ging hier vor? Und wie inszenierten sie diese angeblichen Erdbeben?

Bob entdeckte im Erdgeschoss nichts Neues und die baufällige Treppe nach oben traute er sich nicht noch einmal zu benutzen. Also ging er wieder nach unten, zum vergitterten ehemaligen Abgang zur Grotte. Auch hier fand er nichts von Belang. Das Fenster zum Innenhof, unter dem sie die Transportbox mit dem Golden Monkey Flowerhorn entdeckt hatten, stand immer noch offen. Der dritte Detektiv entschied, sich noch einmal in der Höhle umzuschauen – vielleicht gab es noch Spuren in Devlins ehemaligem Zwischenlager für die gestohlenen Tiere. Möglicherweise hatte sich Zach Canning dort ja zu schaffen gemacht und irgendwelche Lautsprecher aufgestellt, die den Einsturzlärm simulierten, oder er hatte andere Hinweise hinterlassen.

Kurz darauf stand Bob auf den Klippen über der Bucht. Er kletterte nach unten und balancierte auf den Steinen in Richtung des versteckten Tunneleingangs. Das Wasser stieg momentan. In weniger als einer Stunde würde die Flut ihren Höchststand erreichen, was hieß, dass sich Bob ordentlich nasse Füße holen würde, um hinter die Felsen zu dem Einstieg zu kommen. Das schreckte ihn jedoch nicht.

Vorsichtig watete er durch flaches Wasser zwischen schroffen Klippensteinen – ein winziger See, in dem silbrige Fischchen davonhuschten. Der Boden war glitschig von Algenfäden. Bob achtete sorgsam darauf, das Gleichgewicht nicht zu verlieren, und setzte kurz darauf erleichtert die Füße wieder auf trockene Steine. Er erreichte die höheren Felsen, die den Eingang verbargen, zwängte sich hindurch …

… und blieb wie angewurzelt stehen!

Aus dem Tunnel drangen Geräusche nach draußen. Zuerst Schritte, die von den Wänden widerhallten, dann fluchte eine Frauenstimme vor sich hin. War das Mrs Roskin? Bob glaubte es eher nicht.

Schritte und Stimme schienen in seine Richtung zu kommen – er musste sich verstecken, und das schnell! Der dritte Detektiv hastete zurück durch den winzigen See zwischen den Klippensteinen – und rutschte aus. Mühsam unterdrückte er einen Aufschrei, als sein rechter Fuß nach vorne rutschte und er das Gleichgewicht verlor. Er verlagerte das Gewicht auf den linken Fuß, schlitterte dadurch nach hinten und knickte um. Ein scharfer Schmerz schoss in seinen Knöchel und durch den ganzen Fuß. Dann landete Bob rückwärts im Wasser. Die Kälte versetzte ihm einen zusätzlichen Schock. Er konnte gerade noch verhindern, dass er mit dem Kopf aufschlug, wurde aber von oben bis unten nass. Er wischte sich über die Augen und blickte hinter sich.

Hier lag er wie auf dem Präsentierteller! Wer immer aus der Höhle kam, musste ihn sofort entdecken.
Bob stemmte sich hoch, stand auf – und sackte sofort wieder zusammen. Sein linker Fuß tat höllisch weh, womöglich hatte er ihn sich gebrochen.
Auch das noch!
Der dritte Detektiv ging auf die Knie, schob sich auf allen vieren weiter, bis er auf trockene Steine kam. Jetzt war er fürs Erste notdürftig in der Deckung der hohen Felsen. Aber nur, bis die andere ganz ins Freie kam. Oder *die anderen*, dachte er frustriert. Wer sagte ihm, dass die Frau, die er hatte fluchen hören, alleine war?
Hastig sah sich Bob um. Keine Chance. Es gab kein Versteck, das er erreichen könnte, nicht mal, wenn er normal hätte laufen oder klettern können, und schon gar nicht, wenn er auf allen vieren kriechen oder humpeln musste.
Er lauschte. Jemand kam in diesem Augenblick aus dem Tunnel – direkt hinter den Felsen. Bob hatte nur eine Chance: Wenn diese Person die Felsen umrundete, musste er es ebenfalls tun – nur eben hintenrum. Dann würde er vor dem Höhleneingang stehen, während die andere die freie Bucht vor sich hatte. Er stemmte sich in die Höhe. Rasender Schmerz pulste in seinem linken Fuß, als er ihn leicht belastete. Tränen schossen ihm in die Augen. Er hörte die Schritte ... drückte sich in die andere Richtung, hielt sich dicht am Felsen und humpelte vorwärts.
Der dritte Detektiv erwartete jeden Augenblick, entdeckt zu werden. Doch dann hörte er erleichtert, wie sich die andere Person entfernte. Sie wollte anscheinend zurück zum Sanatori-

um. Bob lehnte sich auf die Seite, schob sich auf den Knien vorsichtig ein wenig zurück, bis er um den Felsen lugen konnte.
Nicole!
Was hatte sie hier zu suchen?
Ganz klar, sie war offenbar nicht nur bei der Delfinshow Zach Cannings Partnerin, sondern auch seine Komplizin bei ... bei was auch immer. Nach wie vor hatte Bob nicht den Schimmer einer Ahnung, worum es diesen Leuten eigentlich ging. Aber offensichtlich war Nicole in der Höhle gewesen, um dort irgendetwas zu erledigen, nachdem sie Caden Devlin endlich erfolgreich losgeworden waren – mit der tatkräftigen Unterstützung der drei ???.
Die Frau kletterte nach oben und verschwand bald aus Bobs Sicht. Der dritte Detektiv musste seine Freunde informieren!
Er griff in die Hosentasche, um sein Handy herauszuholen.
Die Tasche war leer.
Nun war es Bob, der vor sich hin fluchte. Er musste es bei seinem Sturz oder der Kriecherei danach verloren haben! Der dritte Detektiv robbte aus seiner Deckung, hoffte, das Handy irgendwo liegen zu sehen – doch diese Hoffnung wurde enttäuscht. Wahrscheinlich war es ihm beim Fallen aus der Tasche gerutscht und lag jetzt in dem kleinen See.
Bob krabbelte auf allen vieren dorthin, sah in das klare Wasser und entdeckte das Telefon tatsächlich zwischen den Algen. Er bekam es zu fassen und hob es heraus.
Ohne große Hoffnung versuchte der dritte Detektiv, es anzuschalten. Nichts tat sich. Das Gerät hatte die Minuten unter Wasser nicht heil überstanden.
Bob schloss kurz die Augen. Das sah gar nicht gut aus. Mit

seinem verletzten Fuß kam er hier nicht weg – auf allen vieren würde er nicht nach oben klettern und die Bucht verlassen können. Das war viel zu steil. Unmöglich!
Und ohne Handy konnte er keine Hilfe rufen.
Er saß in der Bucht fest. Und als ob das nicht schon schlimm genug wäre, konnte er seinen Freunden nicht einmal von Nicoles Auftauchen berichten.
Die Schmerzen in seinem Fuß pochten jetzt so stark, dass er kaum nachdenken konnte. Trotzdem war ihm klar, dass er etwas tun musste.
Nur – was?!

Ein bizarres Verbrechen

Zach Canning und David Hill schleppten das Tier vom Beckenrand in den Zuschauerraum und die Tribüne hinauf. Kein Zweifel – sie würden den Delfin durch die offene Tür in den Mitarbeiterbereich tragen. Dabei würden sie verflixt nahe bei Justus und Peter vorbeikommen.

Die beiden Detektive krabbelten auf allen vieren in der Deckung der Stuhlreihe zur Seite. Dort legten sie sich flach auf den Boden. So sahen sie zwischen den Sitzen nur die Beine der Männer, hörten dann, wie sich die Tür hinter ihnen und ihrer Beute schloss.

»Warum in aller Welt stiehlt man einen Delfin?«, wisperte Justus, während sie aufstanden und zur Tür huschten.

»Das ist David Hill«, gab Peter zu bedenken. »Ein radikaler Tierschützer. Vielleicht will der das Tier eigentlich gar nicht stehlen, sondern befreien!«

»Und warum hilft ihm ausgerechnet Canning? Das passt nicht zusammen!«

Der Zweite Detektiv öffnete die Tür vorsichtig einen Spaltbreit und lugte in den Korridor. Auf dem Boden konnte er anhand einer gut sichtbaren Spur aus Wassertropfen deutlich erkennen, dass die Delfin-Diebe den Weg Richtung Ausgang genommen hatten. Peter huschte in den Gang und winkte Justus, ihm zu folgen.

Sie hörten die Männer weiter vorne. Als diese kurz vor dem Mitarbeitereingang sein mussten, rumpelte es, als die Delfintrage irgendwo anstieß. Die Jungen verharrten.

»Stell ab«, hörten sie Canning sagen.
Die Tür nach draußen ging auf. Die Männer trugen das Tier offenbar ins Freie zu Cannings Kastenwagen. Der bot genügend Platz, den Delfin samt Trage aufzunehmen.
Jemand wie Canning wusste natürlich, wie man einen Delfin transportiert. Er hatte das bestimmt schon oft gemacht, verletzte Tiere aus dem Meer ins Delfinarium gebracht oder wieder zurück in die Freiheit.
Als der Motor ansprang, lugte Peter ins Freie. Der Kastenwagen rollte los, nach ein paar Sekunden bog er auf die Straße.
»Los! Zu meinem MG! Wir bleiben dran!« Dank des Peilsenders würde das kein großes Problem werden.
Sie rannten zu Peters Auto.
Der Kastenwagen war bereits nicht mehr zu sehen. Justus schnappte sich das Empfangsgerät und gab die Richtung an. Schnell war klar, dass die beiden Männer nicht den direkten Weg zum Strand wählten, um den Delfin freizulassen. Sie fuhren auf der Küstenstraße Richtung Long Beach.
»Wie es aussieht«, sagte Peter wenig später, »könnten sie auf dem Weg zur Insel sein.«
»Das denke ich auch. Und mir will etwas anderes nicht mehr aus dem Sinn.«
»Dass Canning mit Hill zusammenarbeitet?«
»Nein. Diese Maskerade, Canning mit seinem Hut, die Jacke mit hochgeschlagenem Kragen.«
»Sie wissen halt, dass sie entdeckt werden könnten. Dass es eine Kamera gibt, die das Delfinbecken überwacht.«
Justus nickte nur.
Kurze Zeit herrschte Schweigen im Auto.

Dann fragte Peter: »Was denkst du, was sie mit dem Delfin vorhaben, Just?«
»Ich weiß es nicht. Nehmen wir mal an, sie fahren wirklich zur Insel. Warum bringen sie den Delfin dorthin? Sie können ihn ja nicht einfach in dem Höhlensee zwischenlagern wie den Golden Monkey Flowerhorn! Das Becken ist viel zu klein und ansonsten gibt es dort ...« Dem Ersten Detektiv stockte der Atem, als er begriff. »Die Grotte! Peter, wie konnte ich nur so blind sein! Der Delfin muss ins Wasser und der See in unserer Höhle wäre viel zu klein. Das ist ein eindeutiger Hinweis darauf, dass es tatsächlich noch einen Weg in die Grotte gibt! Sie bringen den Delfin in den Grottensee! Die Grotte muss noch zugänglich sein. Mrs Roskin hatte als Besitzerin zwanzig Jahre lang Zeit, die Folgen des Einsturzes zu beseitigen.«
»Und wenn sie das tatsächlich heimlich getan hat, erklärt das, warum sie mit Zäunen und Warnschildern alle Leute fernhält«, ergänzte der Zweite Detektiv. »Niemand darf das entdecken! Aber wieso? Was verbergen sie und Canning dort? Und warum bringen sie jetzt wieder einen Delfin in den unterirdischen See?«
Justus zog sein Handy aus der Tasche. »Ich rufe Bob an. Er muss extra vorsichtig sein und darf sich von den beiden nicht erwischen lassen!« Der Erste Detektiv drückte die Kurzwahl. Aber Bob ging nicht ran. War ihm etwas passiert? War er womöglich in der Ruine entdeckt und geschnappt worden?
Peter versuchte sich von den Sorgen um seinen Freund abzulenken. »Sag mir eins, Just – warum in aller Welt geht Canning so umständlich vor?«
»Wie meinst du das?«

»Na, er stiehlt ein Tier aus dem Delfinarium. Wäre es nicht viel unauffälliger, mit einem Boot aufs Meer rauszufahren, einen Delfin zu fangen, zu betäuben und ihn von dort zur Grotte zu bringen? Der Typ weiß doch garantiert, wie man da vorgehen muss.«
»Im Prinzip hast du recht. Er hätte bestimmt Zugang zu einem dafür geeigneten Boot. Ich nehme an, es geht ihm nicht um irgendeinen Delfin.«
»Sondern um genau diesen?«, fragte Peter. »Warum?«
»Weil er speziell trainiert ist. Er kann Dinge, die andere Delfine nicht können.«
»Kunststückchen, wie wir sie im Delfinarium gesehen haben? Aber was bringt das? Canning wird ja kaum heimlich eine Show aufführen.«
»Sie brauchen die Fähigkeiten für etwas anderes. Vielleicht hat Canning dem Tier noch etwas anderes beigebracht.« Der Erste Detektiv seufzte. »Wenn ich auch keine Ahnung habe, was das sein könnte. Aber wir werden es herausfinden.«
Kurz darauf bog Canning tatsächlich auf die Brücke zur Insel ab. Sie konnten nicht folgen, ohne entdeckt zu werden. Also hielten sie noch auf dem Festland an, stiegen aus und joggten geduckt los über die Brücke zur Insel.
Peter erreichte als Erster eine Stelle, von wo aus er auf den Parkplatz schauen konnte. Der hagere Mann trug mittlerweile seine weiße Schlappmütze nicht mehr – und Peter sah ihn deutlich genug, um sicher sein zu können, dass er diesen Mann noch nie zuvor zu Gesicht bekommen hatte. »Aber … aber eben war es doch noch David Hill!«
Justus kam keuchend neben seinem Freund zum Stehen.

»Eben nicht, Zweiter. Das war es, was mir vorhin schon komisch vorkam: dass Canning sich so gut maskiert, Hill dagegen aber anscheinend so wichtige Erkennungsmerkmale wie den Vollbart oder die Mütze nicht verbirgt. Die Wahrheit ist vielmehr: Cannings Komplize hat sich bewusst als Hill maskiert, um den Verdacht auf den Anführer der Demonstranten zu lenken!«

Peter schüttelte ungläubig den Kopf.

Die beiden Männer entluden nun den Delfin und übergossen ihn mit Wasser aus Kanistern, die sie aus dem Wagen schleppten. Dann packten sie die Griffe der Trage und marschierten los.

Die Jungen liefen geduckt hinterher. Sie durften den Anschluss nicht verlieren, sonst würden sie den Weg zur Grotte wieder nicht finden.

Es ging zu dem verriegelten Tor im Zaun. Aus der Deckung eines Gebüschs heraus beobachteten die Detektive, wie die beiden Männer die Delfintrage abstellten. Canning holte einen Schlüssel aus der Hosentasche, entfernte Schloss und Kette und schob das Tor auf. Sie schleppten den Delfin hindurch.

»Warte!«, sagte Canning zu seinem Komplizen. »Ich sperre das Tor wieder ab.«

Doch der andere Mann blieb nicht stehen. »Ich stelle diese Trage nicht noch mal ab, meine Arme sind eh schon zehn Zentimeter länger als vorhin. Das Tor machen wir später wieder zu.«

Peter musste sich zusammenreißen, um nicht laut zu jubeln. »Perfekt, da können wir gleich mit durch!«

Die beiden Detektive folgten den Männern, die zunächst mehr

oder weniger parallel zum Zaun durch das Gelände liefen – und dann den Delfin tatsächlich durch das den Jungen schon bekannte glaslose Fenster ins Innere der Ruine hievten.
Kurz darauf sahen Justus und Peter vorsichtig in die menschenleere Halle. Die Wasserspuren verrieten, dass die beiden Männer bereits den Weg nach unten genommen hatten.
Die Freunde stiegen ebenfalls durchs Fenster, eilten zur Wendeltreppe und lauschten. Sie hörten ein leises Ächzen und einen Fluch: »Verdammt schwer, das Vieh!«
Peter schlich ein paar Stufen tiefer. Den Tropfen auf dem Boden nach hatten die Männer nicht den Weg zum Fenster im Innenhof genommen, sondern die andere Richtung eingeschlagen. Dorthin, wo der ehemalige offizielle Zugang zur Grotte lag: der mit einem Gitter abgesperrte verschüttete Treppenabgang. Der Zweite Detektiv huschte lautlos weiter nach unten, kauerte sich auf die untersten Stufen, lugte in Richtung der Tierdiebe.
Die Delfintrage stand auf dem Boden. Canning nestelte an den Schlössern der Absperrung, öffnete sie und schob das Gitter beiseite. Dann packten die Männer die Trage und schleppten sie ins Treppenhaus. Sie konnten unmöglich nur bis zum Einsturz gehen, den die drei ??? durch die Gitterstäbe deutlich gesehen hatten. Es musste einen geheimen Weg hindurch geben!
Zur Grotte.

Der Zugang zur Vergangenheit

Die Männer verschwanden im Treppenabgang. Peter hörte Schritte, ein Rumpeln, ein schleifendes Geräusch.
Dann wurde es still.
Schließlich stand der Zweite Detektiv auf und winkte Justus, zu ihm runterzukommen. Die beiden Freunde eilten zum Treppenabgang und sahen nach unten. Es sah aus wie vorher – fünfzehn, vielleicht zwanzig Stufen lagen frei zugänglich vor dem Einsturz, einem Schutt- und Geröllberg, den man unmöglich passieren konnte.
Unmöglich?
Die Männer waren weg.
Ihnen war es also gelungen, und zwar mitsamt Delfintrage und betäubtem Tier!
War dieser Einsturz nicht echt? Eine Art optische Täuschung? Gesteinsbrocken aus Pappmaschee? Bestand vielleicht ein Teil aus einer raffiniert bemalten Leinwand, die sich zur Seite klappen ließ – so gezeichnet, dass sie für einen Betrachter jenseits des Gitters real wirkte?
Schon auf dem Weg nach unten waren sich die Jungen sicher, dass das nicht die Lösung sein konnte. Dieser Berg aus Gestein und Geröll sah nicht nur echt aus – er war es auch. Spätestens, als sie alles betasteten, stand das unverrückbar fest, im wahrsten Sinne des Wortes.
Nur wenig Licht fiel von oben in den Treppenabgang. Die Jungen schalteten ihre Bleistifttaschenlampen an und gingen auf die Suche.

»Es muss einen verborgenen Durchgang geben«, sagte Justus. »Eine Geheimtür, ein … Oh.« Er deutete auf eine Stufe etwa auf halber Treppenhöhe. »Sieh dir das an!«
Die Delfintrage hatte auf ihrem Weg auch hier eine Spur aus Wassertropfen hinterlassen und am Rand dieser Stufe sammelte sich sogar eine Pfütze. Offenbar hatten die Männer die Trage darauf für eine kurze Zeit abgestellt.
»Dort muss was sein«, sagte Peter. Aber auf den ersten Blick konnte er nichts entdecken und auf den zweiten ebenfalls nicht. Er tastete die Wand in der Umgebung ab. Vergeblich.
»Ich hab's«, rief Justus und deutete auf eine Unebenheit auf der Stufe unter der Pfütze, am rechten Rand, dicht vor der Wand. »Das muss der Mechanismus sein, der den Durchgang öffnet. Erinnerst du dich daran, was Bob uns berichtet hat? Ein Zitat von Mrs Roskin. Sie betonte in dem Interview, dass sie das Sanatorium *über dem einzigen Zugang zur Grotte* erbaut hat. Offenbar sorgte sie nach dem Erdbeben dafür, dass es noch einen zweiten, geheimen Weg dorthin gibt. Bereit? Ich öffne den Durchgang. Wir müssen vorsichtig sein.«
Justus trat auf die Unebenheit. Es klackte, ehe ein schabendes Geräusch ertönte – das Schleifen von Stein auf Stein.
Ein Bereich in der Wand, groß wie eine Tür, schob sich erst zurück und dann zur Seite. Hinter der Öffnung war es stockdunkel.
Justus huschte hindurch. Peter folgte. Die Lampen schalteten sie vorsichtshalber aus.
Kein Geräusch war zu hören.
Bis das Schaben erneut einsetzte. Der Durchgang schloss sich.
Peter schnappte nach Luft. Bestimmt gab es von innen einen

Mechanismus, der die Geheimtür wieder öffnete. Trotzdem fühlte er sich, als würde er lebendig begraben. Sein Atem ging hastig, seine Finger tasteten nach dem Schalter der Lampe. Wenigstens etwas Licht! Aber die Lampe rutschte ihm aus den zitternden Händen und polterte auf den Boden. Der Zweite Detektiv hörte ein ersticktes Ächzen und merkte erst hinterher, dass es von ihm selbst stammte.

Die Wand rastete mit einem Klicken ein.

»Bleib ruhig, Peter«, sagte Justus mit einer Stimme, die weit weniger ruhig war, als die drei Worte vermuten ließen.

»Mach Licht an!«

Der Erste Detektiv folgte der Aufforderung und sofort wirkte alles nicht mehr so entsetzlich bedrückend. Peter bekam wieder Luft. Seine Bleistiftlampe lag direkt vor ihm. Er hob sie auf, schaltete sie ebenfalls ein und leuchtete die Umgebung ab.

Sie standen in einem zweiten Treppenabgang, der offenbar direkt neben dem ersten verlief – nur, dass er deutlich schmaler und vor allem nicht eingestürzt war.

»Weiter!« Peters Panikanfall war vorüber. Er ging vor, schirmte das Licht der Lampe mit der Hand ab. Hintereinander nahmen sie Stufe für Stufe und bald endete der Treppenabgang vor einer Wand.

»Sackgasse«, sagte der Zweite Detektiv verblüfft.

»Es muss einen weiteren verborgenen Durchgang geben«, sagte Justus. Er suchte gezielt die Treppenstufen ab, wurde rasch fündig – diesmal auf der linken Seite – und trat auf die flache Erhebung.

Eine zweite Geheimtür öffnete sich. Sie blickten in einen schummrig erhellten Korridor.

»Lampen aus«, forderte Justus.

Wieder ging Peter vor und begriff langsam, wo sie sich nun befanden. Sie standen wieder dicht vor einem Einsturz. Genauer gesagt dahinter, auf der Rückseite des Hindernisses, das ihnen vor wenigen Minuten den Weg abgeschnitten hatte. Auch Justus hatte es erkannt. »Wir sind zurück auf dem eigentlichen Weg vom Sanatorium in die Grotte. Der Geheimgang bahnt nur den Weg um den Einsturz herum!«

»Nur?«, flüsterte Peter. »So würde ich das nicht nennen.«

»Weiter«, forderte jetzt Justus. »Und sei leise!«

Sie gingen den Rest des alten Treppenabgangs hinunter und dann einen schnurgeraden Korridor entlang, der bald in einen weitläufigen Raum mündete. Er war groß wie eine Halle, nur dass er unter der Erde lag und die Wände aus kantigem, zerfurchtem Felsgestein bestanden.

Die Grotte!

Nichts deutete darauf hin, dass sie jemals eingestürzt war.

Ein Stromgenerator brummte. Mehrere Lampen mit grellweißen Leuchtstoffröhren erhellten den Raum.

Das Tragegestell lag neben dem See, der mindestens zehnmal so groß war wie derjenige in der kleinen Höhle an der Bucht. Noch immer ruhte der betäubte Delfin darin. Im Wasser schwamm ein zweiter Delfin.

Weitere Lampen beleuchteten eine Art Gewächshaus vor der hinteren Felsenwand, ein Bau aus Glas- oder Plastikscheiben, von Metallstreben zusammengehalten. Darin hielten sich die beiden Männer auf – außerdem eine Frau. Justus und Peter erkannten sie sofort: Nicole, Cannings Partnerin bei der Delfinshow!

Hatte die sich nicht krankgemeldet? Aber anscheinend steckte sie mit Canning und Roskin unter einer Decke.
»Was tun sie?«, flüsterte Peter. »Sie stehlen Delfine und bauen sich in einer geheimen Grotte ein Gewächshaus? Wir haben im Lauf der Zeit ja schon viele schräge Gestalten kennengelernt, aber –«
»Los!«, unterbrach Justus. »Wir verstecken uns und beobachten sie. Was immer hier vorgeht, es –«
»Just«, zischte Peter. »Rein in die Grotte, schnell!«
»Warum?«
»Das Schaben! Die Tür geht auf! Jemand kommt!«
Sie huschten geduckt weiter, hielten sich dicht an der Wand. Mit klopfenden Herzen blieben sie stehen, schauten sich um. Es gab kein gutes Versteck in der Grotte. Der Generator, die Lampen, der Gewächshaus-Bau. Nichts davon bot Deckung.
»Der See«, zischte Peter.
Er bot genug Platz, um abzutauchen, und außerdem das eine oder andere notdürftige Versteck, denn er war unregelmäßig geformt, mit einigen Ausbuchtungen und Winkeln hinter größeren Felsbrocken, sodass man zumindest vom Gewächshaus her nicht das gesamte gegenüberliegende Ufer überschauen konnte.
Sie eilten hin und stiegen mit den Füßen ins Wasser – es war eiskalt! Unbeirrt glitten sie bis zum Hals in den See hinab. Vor Kälte blieb ihnen die Luft weg und alle Muskeln schmerzten. Sie mussten Arme und Beine bewegen, um wenigstens etwas warm zu bleiben.
Der Delfin schwamm heran, reckte die Schnauze aus dem Wasser und sah die beiden an, ehe er wieder abtauchte und eine

Runde drehte. Sie quetschten sich an den Rand des steil abfallenden Ufers und hielten die Köpfe tief. Peter lugte vorsichtig zum Eingang in die Grotte und sah, wer gekommen war.

Mrs Roskin! Sie ging zielstrebig zum Glashaus. Den See bedachte sie mit keinem Blick.

Zach Canning kam ihr entgegen. »Wir haben ihn.«

»Irgendwelche Probleme?«

»Nichts. Man wird auf jeden Fall Hill verdächtigen. Zu mir führt keine Spur. Und die Jungs sind wir auch los. Alles läuft bestens.«

»Gut«, sagte Mrs Roskin. »Das war zu viel Ärger in der Zeit, seitdem der Delfin verletzt worden ist!«

Beide gingen in das Gewächshaus.

Justus und Peter wagten wieder, sich zu bewegen. Sie schwammen am Uferrand entlang hinter einen der Felsbrocken. Von dort konnten sie in das Glashaus blicken.

Darin standen Metallkästen. Auf mehreren Tischen verteilten sich diverse Gerätschaften, Schüsseln, Bunsenbrenner, Reagenzgläser, daneben aufgestapelt faustgroße verschnürte Päckchen. Pulver war auf den Tischen und auf dem Boden verstreut. Röhrchen ragten aus etlichen Plastikkanistern, die auf Stühlen standen.

»Sieht aus wie ein Labor«, flüsterte Peter.

»Das ist auch eins«, sagte Justus. »Wenn ich mir das hier ansehe und dran denke, dass Bob eine Drogengeschichte in Mrs Roskins Vergangenheit erwähnte ... Außerdem hat Canning uns erzählt, dass er selbst einmal Drogen genommen hat. Und wir sind zweimal auf die Küstenwache gestoßen. Die hat zwar viele Aufgaben, aber weißt du, was laut Statistik das

Hauptproblem ist, dem sie sich in immer größerem Maß stellen muss? Drogenhandel!«
»Du meinst, das ist ein Drogenlabor!?«, sagte Peter. »Roskin, Canning und die anderen stellen hier Drogen her? Mit Delfinen?« Der Zweite Detektiv zitterte beim Sprechen. Das Wasser war so kalt, dass den beiden Freunden mittlerweile alles wehtat.
Justus deutete auf den Delfin, der gerade Kopf und Oberkörper aus dem Wasser reckte. »Schau dir die Rückenflosse an!«
Peter sah genauer hin. Ein kleiner Plastikbehälter baumelte an der Flosse. Und mit einem Mal begriff er. »Das gibt's doch nicht! Die Drogen, die sie dort herstellen ...«
»... befestigen sie an den Delfinen«, beendete Justus den Satz. »Weißt du noch, was Canning in der Delfinshow erzählt hat? Vom Militär, das Delfine dressiert, um sie feindliche Einheiten anschwimmen und dort Bomben explodieren zu lassen? Diese Verbrecher nutzen die Fähigkeiten der Tiere genauso dreist aus. Mit dem Unterschied, dass sie die trainierten Delfine durch den unterirdischen Zugang ins offene Meer hinausschicken, um weit draußen Schiffe anzuschwimmen, die die Drogen übernehmen. Dort ... Oh verdammt, runter, Peter!« Justus schnappte nach Luft und tauchte ab.
Peter tat es ihm gleich. Das Wasser war klar genug, dass die Jungen sich orientieren konnten. Sie schwammen zu einer Ausbuchtung des Beckens, kamen erst dort wieder mit dem Kopf über die Oberfläche.
Canning hatte das Labor verlassen. »Die Betäubung lässt nach«, sagte er zu Nicole, die neben ihm ging. »Der Delfin wacht auf.«

»Dann rein mit ihm in den See.«
Zum Glück waren die beiden Detektive einigermaßen außer Sichtweite.
Zach und Nicole packten den Delfin, der sich leicht bewegte. Sie hoben ihn von der Trage und ließen ihn in den See gleiten. Die Kälte des Wassers schien ihn zu beleben, er tauchte ab und schwamm davon.
Der zweite Delfin kam seinem Artgenossen entgegen, stupste ihn an und drehte dann ab – direkt auf Justus und Peter zu.
Canning folgte ihm mit seinem Blick …
… und das Versteckspielen war vorbei.
»Verdammt, diese Mistkerle sind hier!«

Weshalb man seinen Ruin plant

Peter verlor keine Zeit. Er zog sich aus dem Wasser und half Justus heraus. Canning stürmte los – die Detektive ebenso. Nun kamen auch Mrs Roskin und der zweite Mann aus dem Labor.

Das sah übel aus. Die beiden Freunde rannten um den See, auf den Korridor zu.

Der einzig mögliche Fluchtweg!

Doch Canning war schon vor ihnen am Ausgang, blockierte ihn. Justus hetzte zur Seite weg, Peter in die entgegengesetzte Richtung.

Der Erste Detektiv rannte auf Mrs Roskin zu. Die wich mit entsetztem Blick aus, dafür war der zweite Mann zur Stelle, dem es gelang, Justus zu packen. Er bog ihm brutal den Arm auf den Rücken.

Peter eilte um den See herum, inzwischen verfolgt von Canning. Der Eingang zum Labor stand offen, niemand hielt sich mehr darin auf. Peter sah keine andere Möglichkeit. Er rannte hinein, schlug die Tür hinter sich zu.

Was jetzt?

Er konnte sich unmöglich dauerhaft hier verschanzen. Er sah sich um.

Die Kanister.

Die Päckchen mit den fertigen Drogen.

Ein Bunsenbrenner.

Stühle mit Plastikkanistern und Schläuchen.

Ihm blieben höchstens ein paar Sekunden. Er schnappte sich

einige der Päckchen und den Bunsenbrenner, schaltete ihn an. Eine kleine Stichflamme loderte aus der Öffnung.
Canning riss die Tür auf.
Peter hielt die Flamme dicht vor die Drogenpäckchen. »Zurück oder …«
Der Delfinpfleger lachte. »Du kannst das Zeug ruhig anstecken. Kostet uns ein paar tausend Dollar. Aber danach geht's dir an den Kragen.« Trotz der großspurigen Worte blieb Canning stehen. Ganz so leicht würde er den Verlust wohl doch nicht wegstecken.
Peter verharrte ebenfalls …
… bis der zweite Mann mit Justus im Schlepptau in der Tür auftauchte. »Leg das Zeug zurück oder ich breche deinem Freund den Arm.«
Der Erste Detektiv ächzte. Schweiß stand ihm auf der Stirn.
Peter ließ die Päckchen fallen. Den Bunsenbrenner hielt er fest – und schaltete ihn auch nicht ab. Ein verrückter Gedanke kam ihm: Was, wenn er Feuer legte, um für Chaos zu sorgen? Er könnte …
»Schluss mit dem Theater!«, dröhnte da die Stimme von Mrs Roskin durch die Grotte. Sie schob die Männer beiseite und kam ins Labor, die Hände zu Fäusten geballt. »Glaubt ihr, ich bereite das hier jahrelang vor, widme diesem Geschäft mein halbes Leben und lasse es mir dann verderben von ein paar … Bälgern?« Das letzte Wort schrie sie und ihre Stimme überschlug sich dabei. Dann funkelte sie Peter an. »Runter mit dem Bunsenbrenner, und danach setzt du dich dort auf den Stuhl und rührst dich nicht! Na los, oder dein Freund bezahlt!«

Der Zweite Detektiv gehorchte. Er schaltete den Brenner ab, legte ihn auf den Boden und setzte sich auf den Stuhl.

Der Unbekannte stieß Justus vorwärts, in den Raum hinein. »Setz dich zu deinem Freund!«

Justus taumelte und fing sich mühsam ab. Er rieb sich den Arm und nahm ebenfalls Platz. Dazu musste er einen Stuhl von einem Plastikbehälter befreien. »Das alles hier ist genial«, sagte er dann. »Wie haben Sie das geschafft, Mrs Roskin? Wann wurde Ihnen klar, dass die Grotte gar nicht eingestürzt war?«

»Du bist nicht in der Position, irgendwelche Fragen zu stellen«, schnauzte sie ihn an. »Stattdessen wirst du mir sagen, wie ihr uns gefunden habt!«

»Einen Moment, Sarah!« Zach Canning stellte sich mit verschränkten Armen vor Peter. »Wo ist euer Freund? Bob?«

Genau das fragten sich Justus und Peter auch.

»Wird's bald? Wo ist er?«

»In unserer Zentrale«, log der Zweite Detektiv. »Während wir das Ozeaneum beobachtet haben, ist er dort geblieben, um im Internet Informationen über die Geschichte des Sanatoriums zu recherchieren. Uns war klar, dass es noch irgendein Geheimnis geben muss. Bob ist –«

»Das reicht!« Der Delfinpfleger drehte sich zu Mrs Roskin. »Der dritte Junge weiß, dass sie hier sind. Das ist gar nicht gut.«

»Er weiß es nicht«, sprang Justus auf Peters Lügengeschichte an. »Woher sollte er? Wir haben Sie bei dem Delfindiebstahl beobachtet und sind Ihnen gefolgt. Bob konnten wir noch nichts davon berichten.«

»Mach dich nicht lächerlich! Ihr habt Handys.«

»Wir können ihn nicht erreichen.« Zumindest das entsprach der Wahrheit. »Und wir wussten ja bis zuletzt nicht, dass es in die Grotte geht. Was ich übrigens faszinierend finde. Ich vermute, dass Sie den Geheimgang erst nach dem Einsturz gebaut haben, richtig? Als Ihnen klar wurde, dass das Erdbeben nicht so verheerend war wie zunächst angenommen. Sie haben bemerkt, dass die Grotte noch zugänglich ist oder eben doch wieder zugänglich gemacht werden könnte.«

»Und es hat mich verdammt viel Mühe und Nerven gekostet«, sagte Mrs Roskin. »Hast du eine Ahnung, wie viel Vorbereitung so eine Aktion kostet? Und die Geheimhaltung, damit alle weiterhin glaubten, die Grotte sei komplett eingestürzt? Die ganzen Interviews, die Schließung des Sanatoriums, die tausend Gespräche mit den Angestellten ...« Sie schüttelte den Kopf. »Ich lasse mir die Früchte dieser Arbeit von euch nicht verderben!«

»Also waren die Anschuldigungen gegen Sie damals schon richtig«, sagte Justus. »Sie unterhielten tatsächlich Drogengeschäfte, und die wären fast aufgeflogen. Da konnten Sie Ihren Kopf aber noch mal aus der Schlinge ziehen. Als dann das Erdbeben den Einsturz verursachte, erkannten Sie die einmalige Gelegenheit, sich einen absolut geheimen Platz für das Labor zu verschaffen – und der war nicht nur hervorragend versteckt, sondern bot zweitens dank der Delfine die perfekte Möglichkeit, die Tiere als Drogenkuriere zu missbrauchen!«

»Lass das Gelaber!«, forderte Nicole, die inzwischen ebenfalls in das Labor getreten war. »Was machen wir mit den Burschen? Und wie setzen wir ihren Freund außer Gefecht?«

»Wir locken Bob hierher«, sagte Canning. »Peter soll ihn

unter einem Vorwand anrufen. Wir geben ihm den Text genau vor, damit er keine Tricks –«

»Wir können Bob nicht erreichen«, erklärte Justus erneut.

»Maul halten!«, fuhr der unbekannte Mann ihn an.

»Sei still, Vince! Ein Telefonat ist riskant«, sagte Mrs Roskin. »Die Burschen sind schlau. Sie haben uns immerhin hier gefunden.«

Zach Canning grinste. »Ich habe sie schon mal ausgetrickst und meine Drecksarbeit erledigen lassen.« Er drehte sich zu den beiden Detektiven. »Wisst ihr noch? Als ihr mich im Ozeaneum gesucht habt und ich euch zur Rede gestellt habe? Es war leicht, euch eine Lügengeschichte aufzutischen und dazu zu bringen, mir zu vertrauen.«

»Was wir am Ende allerdings durchschaut haben.«

»Ach ja?«, fragte Canning, während sein Komplize Vince lachte. »Und wer sitzt jetzt gefangen in unserem Labor?«

»Wir«, gab Justus zu und dachte sich spontan eine weitere Lügengeschichte aus, mit der er einen Streit zwischen ihren Gegnern provozieren wollte. »Aber Ihr Fehler ist nicht unbemerkt geblieben, Mr Canning. Uns ist aufgefallen, dass Sie sich widersprochen haben. Einmal haben Sie gesagt, Sie würden Mrs Roskin nicht kennen und wären nie in der Grotte gewesen … Dann wieder haben Sie sich damit gebrüstet, dass Sie früher hier im Sanatorium als Tierpfleger gearbeitet haben. Lügen will gelernt sein.«

»Du hast … was?«, fuhr Sarah Roskin den Delfinpfleger an.

»Einen Fehler gemacht …«, log Justus munter weiter, »… der uns erst auf die richtige Spur gebracht hat.«

»Idiot!« Mrs Roskin kochte vor Wut.

»Das habe ich nie gesagt«, verteidigte sich Canning. Was ja stimmte.

»Ist doch jetzt egal«, fuhr Nicole dazwischen. »Es gibt ganz andere Probleme! Wir müssen die beiden Burschen loswerden und uns dann um diesen Bob kümmern.«

Vince kam näher, hob drohend die Fäuste. »Ich wüsste da Methoden …«

Peter rutschte der Magen ein Stockwerk tiefer. »Moment, wir –«

Den Satz sprach er nie zu Ende – denn in diesem Augenblick stürmten erst zwei, dann vier und schließlich sechs Offiziere der Küstenwache die Grotte, ihre Waffen im Anschlag!

Während Mrs Roskin, Zach und Nicole wie erstarrt stehen blieben, machte Vince zwei rasche Schritte, stellte sich hinter Peter und legte ihm den Arm um den Hals.

»Lass ihn los!«, herrschte Mrs Roskin ihn an.

»Wir brauchen eine Geisel!«

»Da sind sechs Offiziere mit Waffen!«

»Hör auf«, forderte auch Zach Canning und sein Komplize gab auf.

Tatsächlich hätten sie gegen die Übermacht des Einsatzkommandos keine Chance gehabt. Die Männer legten den Verbrechern Handschellen an, während Justus sie rasch ins Bild setzte.

Nun humpelte auch Bob in die Grotte, mit nassen Klamotten und auf einen großen Ast gestützt, den er wie eine Krücke nutzte.

»Das war echt in letzter Minute«, sagte Peter erleichtert. »Bob, wie hast du das geschafft?«

»Als ich zur Insel kam, habe ich mich in der Ruine umgesehen – und nichts entdeckt. Also bin ich durch die Tiefgarage in die Bucht, dachte, vielleicht finde ich in der Höhle irgendwelche Hinweise. Aber dort tauchte Nicole auf, ich musste mich verstecken, bin abgerutscht, im Wasser gelandet und hab mir den Fuß gebrochen, fürchte ich. Das Handy ist ebenfalls ins Wasser gefallen.«
Deshalb also hatten sie ihn nicht erreicht!
»Was wollten Sie eigentlich in der Höhle?«, rief Bob der Delfintrainerin zu.
Nicole, die bereits abgeführt wurde, sah ihm giftig entgegen. »Zwischen den Felsen hinten im Einsturz hatten wir eine Kamera versteckt, um Devlin zu überwachen. Die hab ich geholt.«
Einer der Offiziere zog sie weiter.
»Ich konnte kaum auftreten«, fuhr Bob fort, »geschweige denn aus der Bucht hochklettern. Und euch Bescheid geben konnte ich auch nicht. Ich wusste nicht, was ich tun sollte – bis ich ein Boot der Küstenwache gesehen habe. Ich konnte sie auf mich aufmerksam machen, einer der Offiziere ist zu mir geschwommen und hat mich ins Boot geholt. Ich wollte euch anrufen, aber ihr seid nicht ran–«
»Kein Empfang in der Grotte, falls unsere Handys nicht auch hinüber sind«, sagte Justus. »Wir haben ebenfalls ein unfreiwilliges Bad genommen. Im See.«
»Jedenfalls habe ich der Küstenwache erzählt, warum ich hier bin und von unserem Verdacht, dass es einen Zugang zur Grotte geben muss. Ich habe sie in die Ruine geführt und gesehen, dass das Gitter beim Treppenabgang offen stand, anders

als noch ein paar Stunden vorher. Da war klar, dass es hier weitergehen muss!«
»Du hast also den Geheimgang entdeckt?«
»Hat zehn Minuten gedauert«, sagte Bob grinsend.
Einer der Offiziere kam zu ihnen – »Captain Gentry«, stand auf seinem Namensschild. »Du hast das gut gemacht, Junge. Und ihr beide genauso! Wir wussten, dass es hier irgendwo ein Drogenlabor geben muss, auf der Insel oder in der Nähe an der Küste, vielleicht in Long Beach. Aber wir sind nie fündig geworden.«
»Danke, dass Sie sofort auf mich reagiert und mir geholfen haben«, sagte Bob.
»Das ist unser Leitspruch bei der Küstenwache«, sagte der Captain. »*Semper paratus* – allzeit bereit!«
Justus grinste. »Ganz ähnlich wie unser Leitspruch.«
»Und zwar?«
»Wir übernehmen jeden Fall.«
Mrs Roskin sah die drei ??? böse an, als sie an ihnen vorbei abgeführt wurde.
»Nun, da sich die Dinge geändert haben«, meinte Justus freundlich zu ihr, »gestatten Sie mir vielleicht ja doch eine Frage, anders als vorhin.«
»Wieso sollte ich dir antworten?«, giftete sie zurück.
»Weil es dem Richter bestimmt gefallen wird, wenn Sie sich als kooperativ erweisen.«
Captain Gentry nickte. »Wo der Junge recht hat, hat er recht.«
Mrs Roskin schwieg mit zusammengekniffenen Lippen.
»Warum haben Sie uns überhaupt zu sich eingeladen?«, fragte Justus. »Ehrlich gesagt, ist Bob erst dadurch aufgefallen,

dass wir nicht in der Grotte, sondern nur in einer kleinen vorgelagerten Höhle waren.«

»Ich wusste, dass ihr hartnäckig seid«, sagte Mrs Roskin. »Ich wollte mir selbst einen Eindruck verschaffen, ob ihr noch weitere Geheimnisse wittert. Ich habe dir entlockt, dass du von dieser Drogengeschichte weißt.«

»Eigentlich wollte ich Sie damit provozieren«, stellte Bob klar.

»Pah«, machte sie. »Und ich wollte euch dazu bringen, den Fall als erledigt anzusehen. Ehe ihr Schnüffler noch unangemeldet bei mir aufgetaucht wärt.«

»Was wir wahrscheinlich getan hätten«, stimmte Justus zu. »Und seit wann wussten Sie von Devlins Tierhandel in der Höhle bei der Bucht?«

»Seit etwa einem Monat. Wir wollten ihn natürlich sofort vertreiben.«

»Mit dem gefälschten Einsturzlärm. Wie kamen Sie auf die Idee?«

»Durch eine Unachtsamkeit von Vince! Eine Propangasflasche hatte sich überhitzt und ist explodiert – das liegt einen Monat zurück und hätte fast das Labor in Flammen aufgehen lassen. Von der Grotte aus hallt der Lärm sowohl ins Sanatorium als auch bis zur vorgelagerten Höhle. Die Explosion brachte uns auf die Idee, dass wir das auch simulieren könnten. Wir haben am Rand der Grotte einiges an Geröll aufgeschichtet und darunter eine kleine Propangasflasche gezielt zur Explosion gebracht, als wir wussten, dass Devlin in der Höhle ist. Ein mächtiger Knall, das Geröll krachte gegen die Wand – das war's. Alles eigentlich völlig harmlos.«

»Klang aber gar nicht harmlos«, sagte Bob.
»Jedenfalls kamt dann ihr«, giftete Mrs Roskin, »und …«
»… und das Unheil nahm für die Drogenkönigin seinen Lauf«, beendete Justus zufrieden ihren Satz. »Ein letztes Wort: Der Delfin, den Mr Canning gestohlen hat – er war schon für Botendienste trainiert, richtig?«
»Das Vieh war seit über einem Jahr im Einsatz, als es auf dem Meer von einer Schiffsschraube verletzt wurde. Zach sorgte dafür, dass es ins Delfinarium kam und er es dort pflegen konnte. Dass wir es am Ende zurückholen würden, stand von Anfang an fest.«
»Genug Fragen jetzt«, sagte Captain Gentry. »Das wird alles auch noch im Polizeiverhör zur Sprache kommen.«
»Nur noch eine einzige«, bat Justus. »Die Delfine bringen die Drogen vermutlich zu Schiffen auf dem offenen Meer. Aber wohin werden sie geliefert?«
»Das kann ich dir beantworten«, meinte der Captain. »Wir wissen wie gesagt schon lange, dass es in dieser Gegend ein Labor geben muss. Es beliefert Hawaii. Dort gibt es seit Jahren große Drogenprobleme. Uns war klar, dass der Schmuggel über den Seeweg läuft, aber die Überwachung der Küsten verlief erfolglos. Wer hätte es auch für möglich gehalten, dass Delfine als Drogenkuriere missbraucht werden?«
Justus grinste. »Die drei ??? halten *alles* für möglich. Und dass wir damit richtigliegen, hat der aktuelle Fall ja wieder einmal bewiesen!«

Die drei ???

Dynamische Bilder, fesselnde Geschichten

Tränen, Chaos, Weltuntergang! Eine unheilvolle Prophezeiung versetzt die Teilnehmer des Schlangenrituals im Haus der Hexe Daphne de Vol in Angst und Schrecken. Und kurz darauf stiehlt ein Einbrecher die wertvollen Schlangen. Noch während die drei ??? ermitteln, beginnt sich die Prophezeiung zu erfüllen …

128 Seiten, €/D 16,99
ISBN: 978-3-440-16298-9

128 Seiten, €/D 16,99
ISBN: 978-3-440-15471-7

128 Seiten, €/D 17,00
ISBN: 978-3-440-14123-6

kosmos.de/die_drei_fragezeichen Preisänderung vorbehalten